新　潮　文　庫

広島電鉄殺人事件

西村京太郎著

新　潮　社　版

11247

目次

広島電鉄殺人事件

第一章　グリーンムーバー

1

「月刊鉄道新時代」では、来月号で、広島電鉄の特集を予定している。広島で特に成功している、路面電車の取材に、編集長の宮本彰《みやもとあきら》、三十歳が、自ら行くことになった。同行するのは、若い女性カメラマン、籾山里奈《もみやまりな》、二十五歳である。

宮本は、もともと路面電車には、あまり関心がないほうだった。なにしろ、宮本は十代の頃から車派、それもスポーツカーの愛好家で、現在もポルシェ911の中古車を手に入れて、乗り回しているのである。鉄道雑誌の編集長をやっているのも、希望したからではなく、たまたま会社で編集長をできる人材が、ほかにいなかったからだった。

スポーツカーを乗り回している宮本にとっては、路面電車は、運転の邪魔だと思うくらいの存在である。

ただし、仕事となれば、話は別だった。宮本は、広島に行くまでの間、『路面電車とライトレール』という本を買って、新幹線の中で読んでいくことにした。東京から広島までは、新幹線で四時間近くかかるのだ。

路面電車の歴史は古い。一八七九（明治十二）年、ベルリン博覧会でデモンストレーション走行をし、一八八一（明治十四）年、同じくベルリン郊外で、試験運行がされた。日本では一八九五（明治二十八）年に、京都で最初の路面電車が走っている。

その後、路面電車の最盛期を迎えるのだが、戦後、自動車時代になると、スピードの遅い路面電車は、邪魔者扱いされるようになった。日本の各都市で、自動車優先の考え方が生まれ、路面電車の数は、徐々に少なくなっていく。

東京を例にとれば、かつては隅々まで、都電が走っていたのに、現在都電は、早稲田〜三ノ輪橋間を走る、荒川線だけになっている。

しかし、自動車が爆発的に増えたために、慢性的な交通渋滞が生まれ、かつての路面電車が見直されるようになった。特に最近注目されているのは、ライト・レール・トランジット（LRT）である。

LRTは、高齢者が乗りやすいように、床が低い、いわゆる低床車両になっている。また、車両をいくつも連結できるので、バスよりも、一度に大量の人間を輸送できる。日本で、その新しいLRTに目をつけて取り入れたのは、富山市である。二〇〇六（平成十八）年に開業した。

世界的にみると、現在、LRTを意識的に採用しているのは欧州で、富山が採用した車両も、ドイツメーカーのものを、日本でライセンス生産した車両だった。

ライト・レールの長所は、次の七つである。

一　高さ三十センチ程度の、比較的低く、アクセスしやすいプラットフォームから乗ることができる。
二　低床ノンステップ車両は段差がないので、乗り降りが楽である。
三　乗り心地がよく、静かで快適な走行をする。
四　バスよりも大きな輸送力がある。

五　決まったルートを走る安心感がある。
六　道路と同じ平面を運行できるため、踏切を作ったり、道路に並行して、別のトンネルを掘る必要がない。したがって、建設費を安くできる。
七　電車なので、排気ガスを出さず、都市環境に寄与する。

もちろんＬＲＴにも欠点がある。その欠点は次の四点である。

一　車両価格が高い。
二　軌道や電気設備への、多額の投資が必要になる。
三　一定数以上の利用者が見込めない場合は、新規の導入が難しい。
四　現在、日本は自動車社会なので、海外のように、自動車の数を抑えて、ＬＲＴを導入するのが難しい。

それでも、日本の一部の大都市では、自動車が増えすぎたり、運転者の高齢化が進むなどの問題に直面し、ＬＲＴを併用するようになってきた。

最初にＬＲＴを採り入れて、注目されたのは富山だったが、その後、いくつかの都市で採用されるようになり、特に顕著なのが広島である。ＪＲと、広島電鉄のＬＲＴとの乗り換えが容易にできるように、駅を改良し、利便性を高めている。そうした発展ぶりから、広島は、日本一の路面電車王国だといわれている。

ＬＲＴを展開している広島電鉄は、略称を広電といい、車両数、乗客数とも、日本の路面電車ではナンバーワンなのだ。しかも、地方の鉄道は、赤字経営のところが多いが、広島電鉄は見事な黒字経営だという。

だが、宮本が、その本を読んでいて、一番感銘を受けたのは、広島が日本一の路面電車王国だという話ではなかった。

宮本が感動したのは、成功したのが、ほかならぬ広島だったからである。

広島といえば、どうしても昭和二十年八月六日の原爆投下が思い出される。この本には、広島では、過去に二度、路面電車が廃止される危機があったと書いてあった。

一度目はまさしく、昭和二十年の原爆投下の時である。一瞬にして、十万人近い人々の命が失われ、広島の都市機能も、完全にストップしてしまった。当然、路面電車も止まってしまうはずだった。

ところが、焼け野原になった広島市内を、原爆投下の三日後の昭和二十年八月九日に、路面電車が走ったのである。その姿に、生き残った広島市民は、どんなに勇気づけられたか分からないという。

二度目の危機だが、こちらは戦争とは関係がない。昭和三十年代後半から四十年代の、モータリゼーションによる危機である。

この時、東京をはじめとする多くの都市が、自動車を取るのか、路面電車を取るのかという選択を強いられた。結果、多くの都市が、自動車を選んだのである。

路面電車は廃止されるか、片隅に追いやられた。先ほどの東京が、最もいい例といえるだろう。

ところが、自動車も、東京の各所で渋滞を引き起こし、その解消を目的に作られた首都高は、機能を発揮することができずに、今もなお渋滞が続いている。

この時、広島は他の都市とは違って、路面電車を残したのである。他の都市とは逆に、「軌道敷内自動車乗り入れ禁止」という規則を作った。そうして路面電車を守ったのだった。

一九九九年、広島電鉄は、ドイツから新しい路面電車、５０００形「グリーンムーバー」を輸入。その後、日本の風土に合わせた国産初の超低床車両、５１００形「グリーンムーバーマックス」という車両も走らせている。

宮本が本を再度読み直しているうちに、二人を乗せた新幹線は、終点の広島に到着した。ずっと読みふけっていたので、立ち上がると、少し目眩《めまい》がした。

目をこすりながら、ホームに降りた。

若い籾山里奈は、取材に使うプロ用のカメラを持って、さっさとホームに降り、改札口のほうに歩いていく。

広島駅南口を出たところに、広電の停留場があった。さまざまな形と色をした、真新しい路面電車は、多くが低床車である。

「あれに乗りましょう」

と、里奈が、濃いグリーンの車体の電車を指さした。

行き先は、広電宮島口となっている。宮本が読んだ本に、写真が載っていた、ドイツ生まれのグリーンムーバーである。そして、原爆投下の後、すぐに広電が走れたのも、この宮島線に、車両や電気設備が残っていたからだという。

「どうして、あれがいいんだ？」

と、宮本が、いった。

「今、一番人気なのが、広島駅前から安芸《あき》の宮島口まで行く、この宮島線なんです。正確には、二号線ですが」

里奈は、まごついている宮本を置き去りにするような勢いで、グリーンの電車に、さっさと乗り込んでいった。

宮本が慌《あわ》てて乗り込むと同時に、グリーンムーバーは発車した。車内には、外国人観光客も少なくない。

広島市内は、車であふれている。さすがにマツダの町である。そういえば、この車両にも、マツダの広告がある。広島カープの選手たちが写った広告も目立つ。

宮本たちが乗った、宮島口行きのグリーンムーバーは、渋滞に巻き込まれることもなく、スイスイ走る。なにしろ、「軌道敷内自動車乗り入れ禁止」なのである。

線路の上を自動車が走っていないので、最高時速四十キロで走る路面電車は、八丁堀、紙屋町などの広島の繁華街を、気持ちよく通り過ぎていった。

繁華街を抜けると、車窓には、原爆ドームが見えてきた。原爆資料館は、現在改修中のようだ。

改めて、ここが人類で初めて、原爆を投下された市民たちの町であることを思い出した。この地に、原爆は落ちたのだ。車内にいた外国人のほとんどが、この原爆ドーム前で下車した。

そのまま走ると、広電西広島停留場に到着。宮本は、ここに来るまで五回も、川を渡ったことに驚いていた。広島という町が、三角州の上に形成されていることに、改めて気づかされたのだった。橋が多いという事実を、忘れずに記事にも反映しようと考えた。

カメラマンの里奈は、窓外の景色に、しきりにカメラのシャッターを切っていたが、

「ここからは、スピードが出ますよ」

と、いった。

よく見ると、ここで路面軌道が終わっていて、専用の軌道になっているのだった。

たしかに、これまでよりも、十キロは速いスピードになった。広島市内を走る時も、自動車をどかしながら走っていく感じだったが、それでも信号に捕まることも多かった。いくら自動車乗り入れ禁止でも、交差点では、停まらなくてはならないのだ。ここから先はそうしたこともなく、普通の電車と同じ走り方をする。

海が見え始めると、やがて終点の広電宮島口に到着。

ここから厳島《いつくしま》神社のある宮島に、フェリーが出ている。それも、やたらに数が多い。十五分おきくらいに発着しているようだ。

二人は、せっかくここまで来たのだからと、宮島行きのフェリーに乗ることにした。

ゴールデンウィークも過ぎたというのに、フェリーの中は、観光客でいっぱいだった。見た目は同じような連絡船が、車と観光客を乗せて、まるで競走するかのように、

宮島めがけて走り、引き返してくる。

「今夜は、宮島に泊まろう」

と、宮本が腕時計を見ながら、里奈に、いった。

「でも、広島電鉄の取材をしなくてはいけないんでしょう？　呑気《のんき》に宮島に泊まったりしていいんですか」

と、里奈が、いう。

「今日は、もう取材は済んだ。なにしろ、広島駅前から広電宮島口まで、広電を代表する電車、ドイツ製のグリーンムーバーに乗ったんだからな。これだけでも原稿は書ける」

と、宮本が、いった。本当のところは、今日の印象を整理して、明日からの取材の準備をしたかったのだ。

十分足らずで、船は宮島に着いた。

宮島というと、厳島神社の朱塗りの鳥居と、海に浮かぶ社殿が有名で、その他には何もないように思えてしまうのだが、もちろん宮島には、人がたくさん住んでいるし、鹿《しか》も生息している。土産物店や食堂、旅館も、たくさんあるし、水族館や寺だってある。

腹が空《す》いていたので、宮本たちは、厳島神社への参道にある穴子料理店で、食事を取ることにした。

広島名物のあなごめしは、地元で獲《と》れた穴子を、ふっくらと焼き上げ、甘辛いたれで味付けされている。腹を満たした後、厳島神社に参詣《さんけい》し、干潮の時間に合わせて、鳥居をめぐる。潮が引いているため、鳥居のすぐ下まで行けるのだった。

その後、厳島神社の裏手にある旅館に、泊まることにした。

宿泊の手続きを終えると、さっそく東京の社長から、電話が入った。

「今、どこにいるんだ？」

と、社長が聞く。

「宮島にいます。今日は、ここに泊まろうと思っています。明日の取材に備えて、今晩は、ゆっくり寝るつもりです」

と、宮本が、いうと、

「そんなにのんびりしている余裕があるのか？　来月号は広島電鉄の特集だからね。君も、何本も原稿を書かなくてはならないぞ。もし、つまらない原稿を書いたら、一カ月の停職だからな」

と、社長が、おどかした。

社長のおどかしには慣れている宮本が、

「大丈夫ですよ。もうすでに十枚、原稿を書きましたから」

と、いうと、

「本当か？」

と、社長が、いう。

「ちょうど乗ってきたところなんです。また明日、報告しますよ」

と、いって、宮本は電話を切ってしまった。

2

翌朝、宮本は、少しばかり寝過ごした。それでも、別に慌ててはいなかった。

広島は路面電車で成功して、モータリゼーション以降の時代にも、うまく対応している。ドイツ製のグリーンムーバーや、日本製の低床車グリーンムーバーマックスも、自動車と調和をとって走っている。

自動車の問題で悩む日本の各都市は、これから広島を見習うだろう。

そういった角度からの原稿を書いて、里奈が撮った路面電車の写真を載せれば、来月号の特集は、うまくいく。そんなふうに、宮本は考えていた。

少し遅い朝食を旅館で取り、フェリーで、広電宮島口に引き返す。陽光を浴びて、鳥居が輝いている姿が、航路から見渡せた。宮島口から、昨日とは逆に、広島駅行きのグリーンムーバーに乗った。

「君は、この広島に、知り合いがいるんじゃなかったか？」

窓の外の景色を眺めながら、宮本が聞いた。

「高校時代の友だちが、こちらで就職して、彼は今、広電で働いているんです。ですから、今日の仕事が一段落したら、彼と一緒に、食事でもしようかと思っているんです」

と、里奈が、いった。

「広電で働いているって、本当か？」

「ええ、本当ですけど、どうしてです？」

「広島電鉄の特集は、大体どんなことを書けばいいのかは分かっているんだが、君の友だちから話が聞けるなら、それを原稿に入れたい。そうすれば、広電を内側から見ることが出来て、リアリティーが、ぐっと増すからな。今日の夕食の時に、ぜひ、その友だちを紹介してくれ」

と、宮本が、いった。

里奈の友だちは、高橋雄介《たかはしゆうすけ》といって、同じ二十五歳だという。

「その高橋君は、どんな男なんだ？」

と、宮本が聞いた。

「そうですね。言葉よりも先に手が出ちゃう。そんなところがあります。でも、基本的には、まじめな青年ですよ」

と、いい、

「それから、彼は、たしか柔道二段か三段なので、怒らせるようなことをいったりしないでくださいね」

嘘《うそ》か本当か、里奈が、ニヤッと笑った。

昨日来た路線を逆に走って、紙屋町西停留場に戻った。ここから、広島港行きの宇《う》品《じな》線に乗り換える。向かうのは、広島電鉄本社だった。

広電本社前で降りると、文字通り目の前に、広島電鉄の本社があった。

東京から、すでにアポは取ってある。こちらが鉄道雑誌で、来月号で広島電鉄の特集をしたいというと、すぐに広報課長が会ってくれる約束になった。

二人で本社ビルに入り、受付で用件を告げると、広い応接室に通された。そこで待っていたのは、春日《かすが》という、三十代後半と思われる広報課長だった。

春日課長は、まず戦前のアルバムを開いて、宮本たちに説明していった。

昭和二十年八月六日の原爆投下の後も、三日後には電車を走らせていたという、あの伝説的な復活の話から、モータリゼーションの時代に話が進んだ。里奈は、少し離れた場所から、デジタルの一眼レフで、写真を撮っている。

宮本は、ボイスレコーダーに二時間近く、広報課長の話を録音してから、先ほどの里奈との話を思い出して、

「このカメラマンの同級生が、御社で働いているんです。どんな働きぶりか、ご存じだったら、彼女に話してもらえませんか？」

と、春日に、いった。

里奈は、すぐにカメラを置いて、

「友人は、高橋雄介さんといいます。英雄の雄に、上野介《こうずけのすけ》の介です。年齢は、私と同じ二十五歳です。こちらで、運転士をやっていると聞いたんですが」

と、いった。春日課長は、里奈の名刺を何度も見ながら、

「高橋雄介さんですか」

「そうです」

「何かの間違いじゃありませんかね」

「間違いって？」

「うちには、そういう名前の運転士はいませんが」

と、いうのだ。

「おかしいな。一カ月前に電話したら、彼は元気に、毎日グリーンムーバーを運転している。そういっていたんですけど」

と、里奈が、首をかしげた。

「しかし、高橋雄介という運転士は、うちにはいません」

と、春日が、同じ言葉を繰り返した。先ほど広電の歴史を語っていた時の、快活さは失われている。

「じゃあ、最近辞めたんですか？」

「いや、そういうことはありません。高橋雄介という運転士は、最初から広島電鉄にはいないんですよ。たぶん、別の会社に勤めているんじゃありませんか？　広島何とかという、似たような名前の会社は、いくつもありますから」

と、春日が、いった。

何となく気まずくなったので、

「とにかく、取材は終わったんだから、失礼しよう」

と、宮本は、里奈を、うながした。

本社ビルの外に出ると、宮本は、

「あの春日という広報課長は、嘘をついているよ」

と、いった。

「どうしてですか？」

「君が、高橋雄介という友人のことを聞いたら、あの課長は、そんな名前の社員はいないといっただろう？　あれは嘘だよ」

「編集長はどうして、そう思うんですか？」

「あの広報課長は、高橋雄介という名前を聞いて、調べもせずに、すぐにいないと否定した。広島電鉄といえば、従業員千人を超える大企業だよ。しかも、高橋という、ありふれた名字だ。仮に運転士に高橋がいなくても、ほかの部署にいないか、調べるのが普通だろう。それなのに、調べもせずに、別の会社と間違えているんじゃないかとまで、いっていた。それに、君の名刺を何度も見ながら、警戒心を隠そうとしなかった。あの課長は、高橋雄介という君の友人の運転士を知っているのに、わざと嘘をついていたんだ」

その日は、江波《えば》線、横川《よこがわ》線、白島《はくしま》線などを取材し、広島駅前のビジネスホテルに宿泊することにした。夜は八丁堀に繰り出し、広島風お好み焼きを堪能《たんのう》する。店員が焼いてくれるお好み焼きは、どれもボリュームがあり、店内もにぎわっていた。

翌朝、ホテルでの朝食の時、宮本が籾山里奈に、いった。

「高橋雄介のことを調べてみようか？　君も、高校時代の友人のことが、気になっているんだろう？」

「いえ、いいんです」

「どうして？」

「今回は、仕事で広島に来たんですし、高橋君のことは、私のプライベートなことですから」

「いや、仕事になるかもしれないんだ。どうも、あの広報課長の態度が気になってね。何かを隠していそうじゃないか。それに、広島電鉄の、いいことばかりを書いても面白くない。広島市民から見た広島電鉄という視点で、原稿を書きたいんだ。そうなると、会社の体質が、気になってくるからね。それで、君の友だちとは、連絡は取れたのか？」

「一度、携帯にかけてみたんですが、留守電だったんです。何を伝言していいか分からなくて、そのまま切ってしまいました」

「たしかに、高橋という運転士は、うちにはいないといわれました、と吹き込むわけにもいかないな。それなら、食事が済んだら、まず警察に行ってみよう」

と、宮本が、いった。

「どうして警察なんですか？」

「あの広報課長は、嘘をついている。ひょっとすると、君の友だちというのは、何か警察沙汰《ざた》を起こしていて、だから、そんな男は知らない、といったのかもしれないからね。事故か不祥事が起きていないか、警察で確認したいんだ」

朝食が済むと、宮本と里奈は、広島中央警察署に行った。

広島中央警察署で、出版社の名刺を出して取材の申し込みをすると、副署長室に通された。ひとしきり、広島の交通事情や安全対策について取材をしてから、宮本が、ふと思いついたように、

「最近、広島電鉄のことで、何か捜査をしたようなことはありませんか？」

と、聞いた。

「全くありませんよ。広島電鉄は、市民の足として、毎日しっかり動いています。それに対して、われわれ警察が、何か注意をしたりすることは、全くありませんね。最

近、広島電鉄の電車内で、何か事件が起きたということもありません」

と、副署長が、いった。

「広電は路面電車で、広島の市内をあちこち走っていますが、その時に自動車と接触したり、あるいは歩行者や自転車に触れて倒してしまった。たとえば、そんな苦情は出ていませんか？」

「それもありませんね。広島電鉄に関しては、軌道内に車を乗り入れてはいけないことになっていますから、車とぶつかったり、歩行者や自転車に触れて事故が起きたりということは、滅多にないんです。広島電鉄は、その点、模範的な路面電車といえるんじゃありませんかね」

副署長は、笑顔を作った。

宮本は礼をいって、広島中央警察署をあとにしたが、

「どうやら、君の友人は、警察沙汰は起こしていないらしい。今度は、地元の新聞社に行ってみよう」

と、里奈に、いった。

「高橋君が事件を起こしたのでなければ、もういいですよ。仕事に戻りましょうよ」

と、里奈が尻込《しりご》みする。

宮本は笑って、

「これも仕事だよ。私のほうが、全《すべ》てを知りたくなってきたんだ」

と、いった。

広島駅前から十二、三分歩いたところに、小さな地元の新聞社があった。広島日報である。広島といえば、中国新聞が一番有名だ。広島日報は、ミニコミ紙といっていいほどの、小さな新聞社だった。

宮本は、社長に名刺を渡してから、

「来月号のうちの雑誌で、広島電鉄の特集をやろうと思っているんですが、最近、何か問題を起こしていませんか？　表立った事件でなくても構いません。噂《うわさ》でも結構なんですが」

と、いった。

社長は、近くにいた記者の一人に向かって、

「あの件、話しても構わないかな？」

と、聞いた。相手が、

「大丈夫なんじゃないですか？　別に警察は関係ありませんし、市民団体だって何とも思っていないようですから」

と、いった。

「何かあったんですね？」

と、宮本が、眼を光らせた。

「先月の二十五日のことなんですがね。広島電鉄宮島線の、グリーンムーバーを運転していた若い運転士が、市内を走行中に、規則よりも二十キロも速いスピードを出してしまいましてね。別に何事もなかったんですが、そのことを投書した市民がいたんです。軌道内運転規則には、最高時速は四十キロと決められている。それなのに、規定より二十キロも速い、六十キロで走行していた。これは危険ではないか。規則を厳重に守るように、広島電鉄では、その若い運転士に注意を与える必要があるのではないか？　停職や減給といった処分をするべきではないか？　そんな投書だったらしいです」

「その運転士の名前は、何というのですか？」

「高橋雄介という、二十五歳の運転士です」

と、社長が、いった。

里奈が、社長の様子をカメラで撮っていたが、驚いた顔になって、

「本当に、高橋雄介という名前なんですか？　間違いありませんか？」

と、社長に聞いた。

「ええ、そうですよ。高橋雄介、二十五歳です。若い運転士の中でも優秀な腕前で、広島電鉄でも、将来、社の中心になると見られていたようです」

「その件は、記事になっているんですか？」

と、里奈が、聞いた。

「ええ、一応、記事にはしましたが、小さな記事ですよ」

と、いいながら、先月三十日の新聞を見せてくれた。

たしかに、小さな囲み記事である。

二十五日午前、広島電鉄宮島線の宮島口行き電車の運転士(25)が、軌道内運転規則で定められている制限速度を超過して、運転していたことがわかった。

幸い、事故は起きなかったが、一部に無謀運転にあたるのではないかという声が上がり、事態を重く見た広島電鉄は、運転士を一カ月の停職にした。

それが、記事の全文だった。

「ここには、問題を起こした運転士の名前が書いてありませんね？」

「広島電鉄の話では、彼は二十五歳と若くて優秀で、将来を期待されている。それで、名前を公表するのは勘弁してほしいというので、了承しました。誰かを怪我《けが》させたわけではないですしね」

「この運転士が、高橋雄介ということですね？」

「ええ、そうです」

「実は、われわれが広島電鉄の本社に取材に行った時も、高橋雄介という二十五歳の運転士について聞いてみたんです。こちらの籾山里奈が、高校時代に友だちだったので、近況を聞こうとしただけだったのですが、そういう名前の運転士はいない、といわれました」

と、宮本が明かすと、社長は、

「たぶん、その社員を守ろうとして、嘘をついたんじゃありませんか？　われわれに対しても、最初のうちは、名前をなかなか教えてくれませんでしたからね。つまり、それだけ期待されている社員なんですよ」

と、いう。

里奈が、首を突き出すようにして、

「でも、どうして高橋君は、規則に反するようなスピードを出したのでしょうか？

少なくとも、私の知っている高橋君は、そんなことをするような人間ではないんですけど」

と、いった。

「それが、問題なんですよ」

「問題って、何ですか？」

「みんなが不思議に思うのは、なぜ、いつもは時速四十キロで走らせていたのに、その日だけ、二十キロオーバーの、時速六十キロで運転していたのかということなんです。なのに、高橋雄介という運転士は、何も理由をいわないんですよ。だから、広島電鉄の会社自体が、どうすればいいのか困ってしまって、そんな名前の運転士はいない、などと答えたりしているんだろうと思いますがね」

と、社長が、いった。

「社長さんは、高橋雄介という若い運転士が、どうして規則違反の六十キロを出していたんだと思いますか？」

宮本が、聞く。

「彼が運転していた、グリーンムーバーという車両は、路面電車として軌道内を走る時でも、時速六十キロ以上のスピードが出るように設計されているのです。しかし、軌道内運転規則があるので、路面の場合は、最高時速四十キロに抑えられている。そのことに不満を持っている若い運転士は、性能通りのスピードで走ってみたくなったんじゃないか？　どうして四十キロのスピードに抑えなくてはいけないのかという不満が募って、つい六十キロまで、スピードを上げてしまったのではないか？　そんなふうにいう人もいるんです」

3

「コーヒーでも飲みながら相談しよう」

宮本は、里奈を近くのカフェに連れていった。コーヒーを飲みながら、

「こうなると、意地になってくるね」

と、つぶやく。

里奈のほうが、取材の進捗《しんちょく》を心配して、

「もっと広島電鉄の車両の写真を、撮らなくてもいいんですか？　まだあまり撮っていませんよ」

「君は、高橋雄介という友だちのことが、心配なんだろう？」

「心配は心配なんですけど、仕事も、ちゃんとやらないと」

「同じだよ。どっちも、広島電鉄に関係しているんだから」

と、宮本は続けて、

「これからどうしたらいいのか、君も考えろ」

「どうして高橋君が、二十キロオーバーのスピードを出したのかも分かりませんし、彼が、その理由をいわないのも、私には理解できません。そういう人間じゃありませんから」

「それなら余計、理由を知りたくなるじゃないか。もう一度、広島電鉄の本社に行って、広報課長に会って聞いても、おそらく同じ返事しかしないだろう。そうなると、誰に会ったら、本当のことをしゃべってくれるのか」

「車庫には、運転士さんや車掌さんの、控え室のような部屋がありますよね？　そこに行けば、ひょっとすると、本当のことが聞けるかもしれませんよ」

と、里奈が、いった。

「なるほど、車庫か。そうだ、行ってみよう」

宮本は、勢いよく立ち上がった。

広島電鉄の車庫はいくつかあったが、広電本社の近くにある、千田《せんだ》車庫に向かった。

原爆投下の三日後に、広電が走れたのは、宮島線の変電設備が無事だったからだという。千田車庫も、八月十八日には復旧している。今も、その建物は現役で活躍しているようだ。

たまたま通りかかった、年かさの運転士に、宮本が、

「この籾山君の高校時代の友人が、こちらの広島電鉄で、運転士をやっているというので会いにきたのです。名前は高橋雄介さん。今、彼は乗車中でしょうか？」

と、聞いた。

「坂上《さかがみ》」というネームプレートを、胸につけた年配の運転士は、広島電鉄の広報課長のように、そんな名前の運転士はいないと、突っぱねたりはしなかった。

「彼なら今、一カ月の休暇を取って休んでいますよ」

と、答えた。

「自宅が分かれば、訪ねて行きたいのですが、ご存じですか？」

と、宮本がいうと、坂上は、近くにいた仲間の運転士と、何か小声で話していたが、

「休暇を取って、旅行しているようですから、自宅にはいないと思いますよ」

と、いった。宮本は、話題を変えることにした。

「広島電鉄は路面電車なので、規則で最高スピードが決められているそうですね？」

「ええ、そうです。路面区間は時速四十キロ、専用軌道区間では、時速六十キロと決められています」

「広島電鉄で使用している車両ですが、実際には、どれくらいのスピードが出るのですか？」

「そうですね、時速八十キロくらいは、楽に出せるでしょうね。そのくらいの性能を持っています」

と、坂上が答える。

「そうすると、運転士さんとしては、規則にしたがって四十キロで走っているのが、段々まだるっこしくなって、六十キロ、八十キロと、スピードを出したくなってくるのではありませんか？」

と、宮本が、広島日報の記事を思い出しながら聞いた。

「それは、高橋君のことを、いっているのですか？」

と、坂上が、逆に聞いてきた。

宮本は、正直に、

「その通りです。高橋運転士が、どうして規則を破って、路面区間で四十キロではなくて、六十キロのスピードを出していたのか？　誰に聞いても、理由が分からないというのですよ。できれば、本人に確認したいのですが、いないというので、坂上さんにお聞きしています。どうして、二十キロも規則を超過したスピードを、出していたのでしょうか？」

「私にも分かりません。宮島線なら、広電西広島からは、時速六十キロを出してもいいのだから、わざわざ路面内でやった理由がわからなくて……。困っているんですよ。会社のほうは、高橋君が少し疲れているのではないかと考えて、一カ月の休暇を与えたと聞いています」

「本当はそうではなくて、会社が一カ月の運転禁止にしたと聞いたのですが、どちらが正しいのですか？」

宮本が問いつめると、坂上は、困ったような顔になって、

「会社は、今いったように、疲れているから、一カ月の休暇を与えたとしています。ただ、運転士仲間からは、危険運転をしたということで、一カ月間、仕事から切り離して、強制的に休ませているとも聞いていますが、これもはっきりしたことじゃありません」

「地元紙の広島日報には、規則違反をして、速度超過したので、無謀運転とされて会社が停職にしたと、はっきりと書いてありましたよ」

「そうでしょうね。そういうふうに受け取る市民も多いのです。本人が、六十キロを出した理由を話してくれればいいのですが、なぜか仲間の私たちにも話してくれないし、会社にも、理由を話さないそうです」

「広島電鉄という会社は、皆さんの意見を取り上げてくれる会社ですか？」

と、宮本が聞いた。

「そうですね。どちらかといえば、取り上げてくれるほうだと思いますよ」

「高橋雄介さんが、会社に対して、自分の考えや要望をいったことがありますか？」

「どうだったかな？」

と、坂上は、ちょっと考えてから、

「現在の規則では、路面を走る列車の長さは、三十メートル以下と規定されているのですが、ラッシュアワーの時などは、もっと長い連結が欲しいと、たしか、彼が上に要望したことがあったはずですよ」

「三十メートルですか？」

「短い車体を五つ繋《つな》いで、三十メートルにしています。ただ、海外では、日本よりも、もっと長い編成が使われている国もあるのです。だから、そういう車両を輸入してもらえれば、ラッシュアワーの時に役立つのではないかと、そういう要望は、運転士のほとんどが持っています。それを代表する形で、高橋君が上司にいったんだと思います」

「それで、その高橋さんの要望は通ったのですか？」

「いや、まだ通ってはいませんね」

「それに抗議する意味で、高橋さんがスピードを上げて、わざと走ったとは考えられませんか？」

宮本が聞くと、里奈も、じっと坂上の顔を見た。

「それは、まず考えられません」

と、坂上は、はっきりと、いった。

これ以上、坂上から聞き出せることもないため、里奈が、また高橋運転士の携帯に、電話をしてみた。しかし、呼び出し音は鳴るものの、留守番電話になってしまう。里奈は、連絡がほしいとだけ、メッセージを残して、電話を切った。

宮本も、こうなっては、すっかり手詰まりになって、里奈に向かって、

「いくら調べても、これ以上は分かりそうにもないから、もう一日、広電沿線の写真を撮って、東京に帰ることにしよう」

と、いった。

4

しかし、その日のうちに、高橋雄介、二十五歳の居場所が分かった。

広島から、車で三十分ほど走ったところにある温泉地に、広島電鉄の保養所がある。

高橋雄介は、その保養所にいた。

会社が、彼をマスコミや市民の目から隠していたのか、それとも、彼が自発的に保養所にいたのか、どちらなのかは分からない。彼の居場所が分かったのは、その温泉地で、事件が起きたからだった。

夜九時のニュースによれば、今日の午後、保養所の近くで、高橋雄介は二人組の男に襲われ、全治一カ月の重傷を負って、近くの病院に運ばれたという。ただし、命に別状はないと、地元テレビは報じていた。

警察の事情聴取に、被害者の高橋雄介は、

「二人の男の顔は、よく見えなかった。自分が襲われた理由は、いくら考えても思いつかない」

と答えた、という。

「私も、その病院に行って、高橋君から話を聞きたいのですが」

と、里奈がいうので、宮本はタクシーを呼んで、病院を探すことにした。

広島電鉄の保養所に近い救急病院は、いくつもない。見当をつけて行ってみると、新聞やテレビの取材陣が集まっていて、すぐに、そこだと知れた。

里奈が、高橋雄介の携帯に電話をかけると、今度は、本人が電話に出た。ちょうど事情聴取が終わって、刑事たちが帰ったところだという。短い時間なら、というので、宮本と里奈は、教えてもらった病室に向かった。

高橋雄介が入っている病室は個室で、入院費は広島電鉄が払ってくれているという。それだけ、会社が信頼している運転士だということなのだろう。

病室の中では、もっぱら里奈が、高橋雄介と話した。宮本は、これまでとは逆に、カメラで二人の様子を撮影するほうに回った。

しかし、高橋雄介は、高校時代の友人の里奈の質問に対しても、

「久しぶりに会ったのに、ベッドの上でごめんな。留守電も残してくれてたのに……。犯人二人は、マスクで顔を隠していたから、人相もよく分からないんだ。自分が襲われた理由についても、見当がつかない。柔道部だったのに、一方的にやられて、まったく情けないよな。でも、鍛えていたおかげで、怪我は大したことなかったよ」

親しみこそあるものの、ニュースで報じられているのと、同じ答えを繰り返すだけだった。

これでは、彼がなぜ規則違反をしたのか、どうして襲われたのか、本当の理由が分からない。スピード超過と、今回の事件との間に、関係があるのかどうかも分からなかった。

テーブルの上に、見舞いの花と、グリーンムーバーの小さな模型が置かれていた。

「この模型は？」

と、里奈が聞いた。

「会社の同僚の運転士が、届けてくれたんだよ。ずっと欲しいと思っていた模型だったし、まだ市販されていないので、本当に嬉《うれ》しかったよ」

と、高橋が、いった。

「あなたは、このグリーンムーバーの運転士をしているんでしたね？」

と、宮本が聞いた。

「そうですが」

「その宮島口行きのグリーンムーバーに、彼女と一緒に乗ってきましたよ。振動も少ないし、適度に速くて快適でした」

と、宮本は、いってから、

「君の運転のことを聞きました。規則違反のスピードを出した、その理由が分からないと、みんながいっています。四十キロの速度規制のある路面区間で、どうして六十キロのスピードを出したんですか？　何か面白くないことでもあったんですか？」

と、聞いた。

だが、高橋は黙っている。

「規則違反のスピードを出したのは、高橋君が日頃から、どうしてグリーンムーバーの性能いっぱいのスピードを出して走れないのか、と思っていたからなの？　そんな不満を持っていたから、六十キロのスピードで走ったんじゃないの？」

と、里奈が聞いた。

「そうかもしれないな。だって、俺が運転しているグリーンムーバーは、時速八十キロは、楽に出せるんだ。それに広島では、路面電車の軌道内に、自動車が乗り入れることを禁止している。だから、路面区間で時速六十キロを出しても、危険なことは全くないんだよ。それなのに、路面区間のスピードが、四十キロに制限されているんだ。まったく古い規則でね。六十キロ出しても安心なのに。だから、急に、路面区間で六十キロを出してみたくなったんだ」

「やっぱり、そうだったんですか」

と、宮本が、いった。

「常日頃の不満が爆発したということになりますかね？」

「あの日は、なぜか自動車が、いつもの日よりも少なかったんですよ。それに、目の前の視界が、ずっと先まで開けていて、もちろん自動車も入ってこないし、自転車も入ってこない。目の前に、まっすぐ空いている空間を見ているうちに、急にスピードをあげたくなってしまったんです。四十キロから六十キロにね。皆さん、危なかったじゃないかというけど、運転していた俺は、全然危険は感じませんでしたよ。だって、広電西広島から広電宮島口までは、いつも六十キロを出していますから。ああ、路面区間でも、やっぱり六十キロで大丈夫なんだと分かって、嬉しかったんです」

と、高橋が、いった。

しかし、その返事には、何となく勢いがなかった。

病室に看護師が入ってきたので、面会は、そこまでになった。

宮本と里奈は、次の日は半日、広島市内の取材で過ごした。

その間も、里奈は、取材の合間を見て、高橋雄介に、もう一度連絡を取ろうとしていた。

だが、一切つながらない。

念のため、病院に電話してみると、高橋雄介は退院したという。

本人は大した怪我ではないといっていたが、ニュースによれば、全治一カ月の重傷である。別の病院に移ったのかもしれないが、その後の行き先が、つかめないのである。そもそも、入院していなければならないはずなのに、なぜ消えたのか。

時間が空くと、里奈は高橋雄介の携帯に電話をし、メッセージを吹き込んでいた。

四日目の取材が終わると、宮本は、籾山里奈を連れて、取材した広島電鉄の本社や坂上運転士、それから広島日報の社長などに挨拶《あいさつ》をしてから、広島一五時三六分発の「のぞみ三八号」で帰京するため、広島駅に向かった。

座席は、十六両編成の先頭の十六号車、指定席である。発車までの時間も、里奈はホームで、キョロキョロしていた。

「どうしたんだ？」

と、宮本が聞くと、

「彼の留守番電話に、この列車で東京に帰る、先頭の十六号車に乗ると入れておいたので、それを聞いていたら、見送りにきてくれるかもしれないと思って」

と、いう。

「東京に帰ってから、改めて電話をするか、手紙を書いたらどうだ？」

と、宮本がいった時、突然、里奈が、

「来た！」

と叫んだ。

なるほど、ホームをこちらに向かって、走ってくる男がいる。息を弾ませながら、
走り寄ると、

「よかった、間に合った」

と、いった。

「大丈夫なの？」

と、里奈が聞く。

「大丈夫だよ。怪我をしたのは腕だし、そもそも被害者なんだから出入りは自由さ」

と、いって、高橋雄介が笑う。

里奈は、宮本に、カメラを押しつけて、

「二人を撮ってください」

と、いった。

「お二人、お似合いだよ。もっと寄って」

と、宮本が囃《はや》し立て、何枚か写真を撮った。

発車のベルが鳴って、宮本と里奈は、慌てて十六号車に飛び込んだ。窓際《まどぎわ》の席に、腰を下ろして、ホームにいる高橋雄介に、里奈が手を振った。窓の向こうから、彼も手を振っている。

里奈が、ホームにいる高橋にカメラを向けた時、列車が動き出した。

5

東京着一九時三三分。構内で夕食を済ませると、そこで里奈と別れ、マンションに帰ると、宮本は、すぐに原稿を書き始めた。

広島電鉄は、今や広島市民の足になっている。昭和四十年代のモータリゼーションが盛んな頃、広島市民は、路面電車を受け入れ、軌道内に自動車が入ることを禁止して、今に続くＬＲＴの時代を先取りした、と書いた。

次に、ＬＲＴの長所と短所を書き、広島ではＬＲＴの役割は、今後も小さくなることはないだろうと、原稿を進めていった。

高橋雄介のことは、最初から書かないでおこうと決めていた。病室で彼が話したことが、すべてだったとも思えなかったからである。雑誌の発売までに、事件がどう動くか分からない。

二十枚まで書いたところで、宮本は疲れて眠くなり、ベッドに入ってしまった。

翌日、出勤した後、原稿の続きを書いた。その時になって、編集部に、籾山里奈の姿がないことに気がついた。

「彼女、今日は休みですか？」

と、社長に聞くと、

「それが分からない。連絡がないんだ。四日間の取材で疲れて、寝込んでいるんじゃないか」

と、社長は笑って、続けた。

「それより、そっちの原稿は進んでいるのか？　明日までに書けそうか？」

「大丈夫ですよ」

「いい原稿ができるといいがな」

「任せてください。広島に行って、これからの都市交通は路面電車だと確信しましたから。その確信を、原稿にしますよ」

と、宮本が、いった。

昼過ぎになって、突然、社長が宮本に向かって、

「これからすぐ、私と一緒に、三鷹《みたか》に行ってくれ」

と、いった。

「三鷹って、籾山君のマンションがある場所じゃありませんか？」

「その籾山君が、救急車で病院に運ばれたというんだ。とにかく、どんな様子なのかを確かめたいから、君も一緒に行ってくれ」

と、社長が、いった。

すぐに支度をして、社を出ると、電車で三鷹に向かった。

「いったい、何があったんですか？」

「私にも、詳しいことは分からないんだが、彼女の家に、空き巣が入ったらしい。昨日、彼女が自宅マンションに帰ったら、部屋の中で空き巣に出くわして、鉄の棒か何かで殴られたというんだ。すぐに救急車で運ばれて、その後は検査や警察の事情聴取で、こちらに連絡する時間がなかった。申し訳ありません、といっていた」

「空き巣ですか」

「彼女は独身で、マンションに一人で住んでいるからね。四日間も留守にすれば、連日明かりの灯《とも》らない部屋を見た空き巣が、忍び込んできたとしてもおかしくはない」

と、社長が、いった。

三鷹駅近くの総合病院だった。三階のナースステーションで病室を聞き、三〇六号室に行った。二人部屋だが、現在は籾山里奈が、一人で使っていた。

里奈は、頭を包帯でグルグル巻きにされていて、パジャマ姿で横になっていたが、見舞いの花束を受け取ると、

「ありがとうございます」

と、意外に元気な声を出した。

「大変だったね」

と、宮本が、声をかけると、

「こんなこと初めてです。ドアの鍵《かぎ》を開けて、部屋に入った時から、何となく変な感じだったんです。誰もいるはずがないのに、人の気配がしたんです。それで、明かりをつけた瞬間、いきなり殴られてしまって。だから、犯人の顔も見ていないんです。たぶん、殴られた時に、悲鳴を上げたんだと思います。その声が聞こえたのか、隣りの部屋の人が気づいて、救急車を呼んでくれました」

里奈が、切れ切れに説明する。

「もう分かったから、横になって休んでいなさい」

と、社長が、いった。

二人は、看護師に容態を聞いた。

「殴られた時に、頭からかなり出血しましたが、発見が早くてよかったんですよ。しばらくは安静にして、様子を見る必要がありますが、彼女は若いので、回復も早いでしょう。一週間ぐらいで退院できると思いますよ」

と、看護師が、いった。

三日後、宮本が、仕事の帰りに病院に寄ってみると、里奈の病室には、花束が三つも飾られていた。一番小さな花束は、社長と一緒に見舞いに行った時、宮本が買って持っていったものである。

あとの二つは、いずれも大きな花束である。誰にもらったものかを、里奈が嬉しそうな顔で説明した。

「こっちは大学時代の同窓生、もう一つは広島の高橋君」

と、いう。

「広島といっても、わざわざ向こうから、送ってきたわけじゃないんだろう？」

「ええ、高橋君が東京の花屋さんに電話して、そこから送ってくれたんです。たぶん、同級生の誰かから、私が怪我をして入院したことを聞いたんだと思います。先日お見舞いにいったから、そのお返しかもしれませんが、嬉しいです」

と、里奈は、襲われたショックも見せず、笑顔だった。

宮本は、里奈のその姿を見て、ホッとした。これなら、まもなく退院できるだろう。

翌日になると、入院している里奈のほうから、宮本の携帯に、電話がかかってきた。

「ちょっと、変なことになっています」

と、里奈が、いきなりいった。

「変なことって、いったい何があったんだ？」

「高橋君が、わざわざ広島から花束を送ってくれたので、彼に電話して、お礼をいおうと思ったのです。そうしたら、彼は、自分は花束なんて送っていないというんです」

「君が、あまりに嬉しそうにしていたから、向こうが照れて、そんなことをいったんじゃないのか？」

「いえ、彼は、そういう人じゃないんです。まっすぐで開けっぴろげな人だから、花束の件で、私がありがとうといっても、照れてしまうようなことは考えられません。逆に、送った花束について、何十分でもしゃべるような人なんです。だから、彼が嘘をついているとは、とても思えないんです。高橋君ではないとすると、いったい誰が、花束を送ってきたんでしょうか？」

「君は美人で、明るくて、話していると楽しくなる——」

「そんなことを聞いているんじゃないんですけど」

「いや、そうじゃないんだ。君が入院したと聞けば、心配して花束を送ってくる人は、何人もいるだろう？　だから、君が入院したと耳にした誰かが、お見舞いの花束を送ってくれた。そう考えればいいんじゃないのか」

と、宮本がいった。

「たしかに、そうかもしれませんけど、でも、何だか気味が悪いんです」

と、里奈が、いった。

第二章 監視カメラ

1

三鷹の殺人未遂事件を担当することになった十津川《とつがわ》は、この事件は、簡単に解決するだろうと予想した。なぜなら、マンションの一室に入った空き巣が、突然帰ってきた部屋の住人、籾山里奈、二十五歳に驚いて、手にしていた鈍器で殴りつけた、という程度の、単純な事件だったからである。よくある事件の一つに過ぎないと思われた。

ところが、少しばかり、様子が違ってきた。

入院中の被害者、籾山里奈の元に、見舞いの花が送られてきたが、その一つの送り主が誰か分からない、という奇妙な出来事があったからである。しかも、その送り主は、広島の高橋雄介の名をかたって、花を送ってきたのだ。

ただの空き巣の居直りならば、こんな奇妙なことは起きないだろう。被害者自身も、何か気味が悪いといっている。それが当然だろうと十津川は思ったし、どうやら簡単な事件ではないな、と考えるきっかけにもなった。

気になった十津川は、三鷹の病院に入院中の籾山里奈に、亀井《かめい》と会いに行った。彼女は相変わらず、頭に包帯を巻いていたが、それでも若いせいか、血色が良く、十津川を安心させた。枕元《まくらもと》のテーブルには、三つの花瓶が並んでいた。

「これが例の、三つの花束ですね」

と、十津川が、いった。

「ええ。一番右が会社の上司、宮本編集長と社長からの花で、真ん中は、大学時代の同窓生からのものです。でも、三番目の花が、誰から届いたのか分かりません。私は、広島電鉄に取材に行った時に再会した、高校時代の同窓生の高橋君が送ってくれたとばかり、思っていたんですけど。

彼に電話したら、自分は、そんな花は送っていないといわれたんです。誰が送ってきたか分からないので、気持ちが悪いんです」

と、籾山里奈が、いった。

「本当に、誰が寄越したか、お心当たりがないんですか？」

「いろいろと考えているんですけど、花束をくれそうな人にはもう、電話で確かめましたから」

籾山里奈は、困惑の顔をしている。

「最近、広島に取材に行ったんですね？」

「先ほど名前の出た宮本編集長と一緒に、広島を走る路面電車の取材に行ったんです」

「そこで、高校時代の同窓生に会った？」

「高橋君は、広島電鉄の運転士をしているんです。それで連絡をとって、夕食でもと思っていたんですが、その出会い方が、ちょっとおかしかったんです」

「詳しくお聞かせ下さい。路面電車の取材に行ったあなたは、広島電鉄の運転士として勤めている高橋君に会えるだろうと、楽しみにしていたんですね？」

と、亀井が促した。

「そうなんです。でも、広島電鉄の本社では、広報課長から、高橋雄介という運転士はいないと否定されました。地元の新聞社で聞いてみると、高橋君は、一カ月の停職になっていることが分かったんです。市内を走る軌道内では、時速四十キロ以内と決められているのに、六十キロで走って、危険行為として問題になっていたんです」

「確かに、路面電車がスピードを出すと、危険だね。同じ路面を自動車も走っているし、人だって歩いている」

「広島では、軌道内に、車が立ち入るのを禁止する規則があります。だから、路面電車は、市内をかなり自由に運転できます。信号と電停では停まりますが、それ以外では、渋滞につかまったりはしないんです。速度に関しては、路面区間は四十キロ、市外専用軌道の場合は六十キロ。そう決まっているんです」

「でも、あなたの友達の、高橋君という運転士は、制限速度四十キロの区間を、六十キロで走った。しかし、闇雲《やみくも》にスピードを上げたわけではないでしょう？　理由があって、スピードを上げたんじゃないですか？」

「みんなは、そう思っているんですけど、本人が理由をいわなかったそうです。だから、強制的に一カ月の停職になってしまったんです」

「理由をいわないのは、まずいですね」

「だから、いろいろと噂《うわさ》が流れているんです。例えば、彼が運転していた路面電車は、ドイツ製のグリーンムーバーという、比較的新しい車両なんです。時速八十キロくらいまで、楽に出るんですよ。それなのに、規則で四十キロに抑えられていたから、それが不満で、スピードを出してみたんじゃないか。そんな噂も出ています」

「面会したとき、高橋君は、どういっていましたか?」

「その噂の通りだと。でも、不思議でした。私が知っている高橋君は、自分の主張は、はっきりいうタイプでしたから。何か勢いがなくて、六十キロのスピードを出していた理由も何か隠しているようでした。広島電鉄の保養所に隠れていた高橋君は、知らない男たちにいきなり襲われて、負傷したんです。私が襲われた数日前に、同じような目に遭ったんです。

それでも、私と編集長が広島を発《た》つ日には、わざわざ新幹線のホームまで、見送りに来てくれました」

と、里奈が、いった。

「帰京したあなたが、三鷹の自宅マンションに帰ったら、空き巣が入っていて、いきなり頭部を殴られ、負傷した。その数日前に、高橋君も襲われて、怪我《けが》をしていた。その上、入院先のこちらに、高橋君の名前で、見舞いの花束が届いた。ところが、高橋君は、花を送った覚えはないといっている。そういうことですね?」

「そうです。気味が悪いですよ。私は広島電鉄の取材に、編集長と行きましたけど、普通の取材でしたし、なにか事件が起こったわけでもありません。それなのに、東京へ帰ってきたら、いきなり空き巣に入られ、頭を殴られて入院です。いくら考えても、理由が分からないんです。強いていえば、広島で会った高校時代の同窓生の高橋君も、私と同じように、暴力を振るわれています。何か関係があるのかなとも思うのですが、理由がまったく分かりません」

「それでも、心のどこかでは、広島の取材が原因じゃないかと考えているんでしょう？」

と、亀井が、水を向けた。

「そうなんです。だから、なおさら、わけが分からないんです。だって、高橋君には、二年ぶりに会ったんですよ？　その間は連絡もなかったし、高橋君も犯罪に関係するような人じゃない。それなのに、高橋君は襲われた。きっと、彼がスピード超過をしたことと、何か関係しているのではないかと思っています。でも、そのスピード超過で、誰かが怪我をしたわけでもないし、私が、そのスピード超過に、かかわっているわけでもありません。地元新聞の記事で、スピード超過が明るみに出た後で、取材に行ったんですから。ただ――」

と、里奈は、いいかけて、ためらう様子を見せた。

「気になることがあったら、何でもいってください」

と、亀井が励ますように、いった。それで、意を決したように、里奈は、送り主の分からない花束に、目をやりながら、

「あの花束の中に、紫の花が何本かありますよね。あれ、ラベンダーなんです。気になって調べてみたんですけど、ラベンダーの花言葉って、ご存じですか？」

と、いった。亀井が、首を横にふった。

「いえ、知りませんね」

「いくつかあるんですが、一つは『沈黙』なんです。これを送ってきた人は、私に、沈黙を守れ、といっているのかもしれません」

と、里奈は、いった。

2

里奈から、これ以上聞くことがなくなったため、十津川と亀井は、病院を後にした。

十津川は、本屋に寄って、『広島 路面電車の街』とタイトルにある本を買い、捜査

本部に戻った。

本を開くと、現在、最も多くの路面電車が走っているのは広島である、と冒頭に書かれてあった。しかも、その広島電鉄は、長年黒字経営だという。

広島の路面電車が、他の都市と違うのは、戦争、特に昭和二十年八月六日の原子爆弾投下と、関係が深いことにある。その日、一発の原子爆弾によって、広島は廃墟《はいきょ》と化した。広島電鉄も甚大《じんだい》な被害を受け、その日から新たな歴史を始めたと言ってもいい。

広島に原爆が落とされた当時、七十年は草木も生えないだろうと言われていた。それだけの惨状が広がり、人々の心は、もっと深く傷つけられていたのだった。

ところがその三日後、一両の路面電車が、その荒野となった街を走った。車両は、650形と呼ばれる、昭和十七年製造の当時最新鋭の車両だった。爆弾が投下されたとき、広島には、百二十三両の車両があり、中でも650形は五両だけしかなかった。原爆投下当時、五両のうち、六五一号は現在の中電前電停付近を走行、六五二号は宇品五丁目電停付近、六五三号と六五四号は江波付近、六五五号は広島駅付近にいたことがわかっている。

五両のうち、六五二号だけが、爆弾投下の三日後に走った。全体の四割の車両が、全壊や大破によって動けない中、煙がまだ収まらない広島で、立ちすくむ人々に希望を与えたのである。わずか一キロの走行だったが、今も人々に語り継がれている。

その後、広島電鉄は、施設を復旧させ、車両も修理するなどして、昭和二十一年末には、六十両が走るほどに回復した。650形も、六五五号以外、全《すべ》て復旧した。さらに、広島電鉄は、京都、大阪、神戸、北九州、福岡などで走っていた路面電車を購入し、広島で走らせた。様々な形の電車が走ったことから、広島電鉄は、「動く路面電車の博物館」と呼ばれるほどになったのだ。

原爆が落ちた後も走っていた車両は、次々にリタイアしたが、昭和十七年製の650形は「被爆電車」と呼ばれ、戦前の記憶を今に伝える存在として、有名になった。

驚くことに、六五一号と六五二号は、今も現役で広島の町を走っているという。

そこから時代を経て、最近の車両は、床が低くて乗りやすい「超低床車」がほとんどである。そのなかには、グリーンの車体で、ドイツから輸入された愛称「グリーンムーバー」などがある。この車両は一両一両が短く、常に五両編成で走っているが、一編成は、全長でも三十メートルしかない。一両が短いため、旋回性能が高いと言われている。

その後、さらに改良した「グリーンムーバーマックス」という国産車両も登場している。

規則によって、全長三十メートル以上の路面電車は許可されていない。一つの電車の全長は、上限が決まっているのだ。広島電鉄では、乗車定員を増やすため、もう少し長い編成が可能になれば、と考えているらしい。

問題の運転士、高橋雄介が運転していて、規則以上のスピードを出した車両は、このドイツ製のグリーンムーバーである。なぜ、規則違反の速度を出したのか、それについては、依然として高橋本人は黙秘している。会社の方でも、事故がなかったので、一カ月間の停職処分にしてあるが、それ以上の罰則は科さないらしい。

しかし、十津川が考えてみると、どうも高橋雄介が規則違反のスピードを出したことが発端になって、広島では高橋雄介本人が狙《ねら》われ、東京では籾山里奈が襲われたように思える。

そこで、今度は、女性刑事の北条早苗《ほうじょうさなえ》を連れて、広島に行ってみることにした。

その予定を、どうして知ったのか、雑誌「月刊鉄道新時代」の宮本編集長が電話してきた。邪魔をしないので、同行を許して欲しいという。十津川も、宮本から取材当時の話を聞きたかったので、一緒に新幹線で広島へ向かうことを許可した。

3

車内で、十津川は、宮本から、広島電鉄を取材したときのことを聞いた。

「現在、一番の問題は、地方を走っている生活密着型鉄道ですよ。だいたい第三セクターの経営になっているんですけど、ほとんどが赤字です。特に路面電車は、静かで乗り心地もいいのですが、何といっても市内を走るので、自動車との競合が厳しいし、車両の単価が高いので、採用するところがあっても、黒字経営が難しい。その中で、広島電鉄は黒字だから、たいしたものです。そうした背景があって、来月号は、広島電鉄の特集記事を書こうと思って、取材に行ったんです。そうしたら、例の問題が発生していました」

「二十五歳の高橋雄介という運転士が、市内の路面区間の制限速度は四十キロなのに、六十キロか、あるいはそれ以上を出して走った。それが市民の目に触れ、投書されることになり、停職処分を受けたという問題ですね？」

「そうなんです。この事件のことは、最初、私たちも知りませんでした。ですが、取材に同行した籾山里奈の同窓生が運転士だというから、彼のことを広島電鉄で聞いたら、『そんな社員はいない』という。

どうも変だと思いましたが、その高橋君には、連絡がとれません。彼女は仕事が優先だと気乗り薄だったのですが、私の方が気になって、警察や地元新聞社へ行って、調べてみることにしたんです。すると、速度超過をしたために、停職中だということがわかってきた。でも、高橋君には会えないまま、特集の取材を続けました。そうこうしているうちに、高橋君が何者かに襲われたという事件が報じられたんです。ここでお見舞いに行って、ようやく高橋君に会えたのですが、速度超過をした理由は信じられませんでした。埒《らち》が明かないので、東京に帰ると、今度は籾山がマンションで襲われましてね。どうも単純な事件ではないような気がしてきました。警察のみなさんも、そう思っているんでしょう？」

「ここだけの話ですが、その通りです。最初は、空き巣が居直って、帰ってきた女性を襲った。それだけの話だと思っていたんですが、どうやら違うようですね。広島で起きた事件と、どこかで繋《つな》がっているような気がするんです」

と、十津川が、いった。

「しかし、どう繋がるんでしょうか？　第一、うちのカメラマンの籾山里奈は、問題を起こした広島電鉄の運転士、高橋雄介に、二年ぶりに会ったと、いっているんです。

その間、会うのはもちろん、連絡をしたことも、ほとんどないというんですよ。それなのに、なぜ二人が、同じように襲われたのか。普通に考えれば偶然でしょうが、偶然にしては、どこかおかしいという気もしているんです」

と、宮本が、いった。

「君は、どう思う？」

と、十津川が、北条早苗刑事に聞いた。

「高橋という二十五歳の運転士が、スピードを出し過ぎて、停職処分になった。その本当の理由は、まだわかっていないわけですね？」

早苗は、宮本に顔を向けた。

「分かっていません」

と、宮本が答える。

「ひょっとすると、その理由を、久しぶりに会った同窓生、籾山里奈さんに打ち明けたんじゃないんですか？　そのために、東京に帰った彼女まで襲われてしまった」

「それはありません」

と、宮本が言下に否定した。

「籾山里奈に聞いても、そういう打ち明け話はなかったと、いっているんです。未《いま》だに彼女は、なぜ高橋君がスピード違反をしたか本当の理由が分からないので、もう一度、彼に会って、その理由を聞いてみたい。そう言っているんです。ですから、犯人がそれで籾山里奈を襲ったということは、まず、ありえませんが……」

「他にも、何かあるんですか？」

「実は、籾山が襲われた理由は、これではないかと考えたことがあるんです」

と、宮本が自信を見せる。

「どんな事ですか？」

「我々が、広島での取材を終えて、広島駅から、新幹線で帰ろうとしたときのことです。高橋君が怪我をしているにもかかわらず、籾山里奈を見送りにきたのです。彼女は大変感激しましてね。一瞬、寄り添って抱き合うような感じになりました。そして、高橋君が手を振って見送ってくれた。その光景を、犯人が見ていたんじゃないか。そうだとすると、二人が抱き合った時、遠くから見ていた犯人は、高橋君が籾山に何か耳打ちしたのかもしれない、と考えたのではないでしょうか。高橋君がスピード違反を犯した本当の理由を、籾山に話したんじゃないか、そう疑ったとしても不思議ではないと思うんです。つまり、何かの秘密が、高橋雄介の口から、籾山里奈に知らされた。そうなると犯人は、高橋君だけではなく、彼女の口も封じなければならない。そう思った犯人は、東京に戻った籾山里奈を襲った。私は、そんな風に考えたんです」

「今の話、どう思う？」

十津川が、北条早苗に水を向ける。

「その推理は、当たっていると思います。他に、犯人が籾山里奈まで襲う理由がありませんから。

二人の二十五歳の男女が襲われました。二人は、普段から付合いがあるわけではなく、東京と広島に離れて暮らしています。そうなると、接点は、二人が久しぶりに会った広島ということになるでしょう。

つまり、高橋雄介が広島市内を走っているときに、規定以上にスピードを上げた。なぜか犯人は、その理由を秘密にしたくて、まず当事者の高橋を襲い、次に、高橋から真相を聞いたと、犯人が勝手に思い込んで、籾山里奈を襲った。そういうことだと思いますね」

「犯人の目的は、高橋や籾山を脅して、口を封じることだったということになる。今のところ、それ以上の理由はなさそうだね」

と、十津川は、いい、宮本も、

「警察の方に、そういっていただけると、推理した甲斐《かい》があります。今のところ、二つの事件を、いや、三つの事件のつながりを説明できる筋立ては、これしかないと思いますから」

「しかし、高橋本人は、スピード超過の本当の理由を、いっていないわけでしょう？」

「その通りです。優秀な運転士なので、会社も速度違反をしたことに対して、一カ月の停職処分にしましたが、クビにする気はなさそうです。むしろ、かばって守っています。人身事故を起こしたわけでもないので、広島電鉄は、高橋雄介のスピード違反を、それほど重くは見ていないと思います」

「二十五歳の路面電車の運転士が、自分が襲われても、なお隠そうとする。どんな理由が考えられるかな」

自問するように、十津川が、いった。

「今のところ、もっと速く走りたかった、ということぐらいですね。それに対して、うなずく者もいますが、私は信じません」

「もっとスピードが出る車両なんですね？」

「確かに、彼が運転している、グリーンムーバーというドイツ製の車両は、八十キロまでは楽に出ると聞きました。だから、四十キロの制限速度に我慢しきれず、スピードを上げてしまった、という解釈がありますが、私は弱いと思うんです。広電西広島から終点の広電宮島口までは、専用軌道になって、規則内で六十キロまで出せるのですから。

それに、そんな理由だったら、犯人は、二人もの人間を襲ったりしませんよ」

「他に何か、理由になりそうなことはないか……。君はどうだ？」

十津川は、再度、北条早苗に意見を求めた。

「二十五歳という若さの盛りですから、女性問題ということは考えられますが、その点はどうなんですかね。女性関係で、彼が問題を起こしていたとか、警察沙汰《ざた》を起こしているとかいう話はないのでしょうか？」

「いや、いろいろ聞いて回ったんですが、女性問題は出てきませんでした」

と、宮本が、いった。

「女性問題でないとすると、金銭問題ですかね。借金をしていて、それを返そうとしなかった。その上、借りた相手が暴力団員だったら、高橋雄介が襲われても、無理はありませんね。その点は、どうなんでしょうか？」

これは、十津川が、宮本に聞いた。

「籾山里奈がいっているんですが、高橋君という青年は、どんなに給料が安くても、無駄遣いなどせずに、貯金をする人間なんだそうです。大きな借金をしていたということは、まず考えられないといっています」

「参りましたね。金でもなく、女でもない。あと残るのは何だろう？」

十津川が、今度は北条早苗に聞いた。

「広島の警察が、高橋雄介が襲われた事件について、東京と同じように殺人未遂で調べていますが、これはと思われる動機が見つからない、といっていました」

新幹線では、このように堂々巡りの議論が続き、気づけば広島に到着していた。

4

広島駅から出たところに、広島電鉄の停留場があった。多くの電車が集まり、そして出発していく。

十津川たちは、高橋雄介が運転していたグリーンの電車、グリーンムーバーに乗ってみることにした。短い車両が、五両つながっている。まるで緑の蛇のような感じである。十津川たちは、一番先頭の車両の、そのまた一番前に陣取って、目の前の運転士の様子を見ることにした。

グリーンムーバーが走り出す。さすがに現代の路面電車らしく、前面は大きなガラスになっている。左右の側面の窓も、大きくとられていた。路面電車に並走してくる自動車などに目を配るために、左右に、大きな窓ガラスが設けられているのだろう。

三人の乗ったグリーンムーバーが動き出した。広島市内では、自動車や自転車等の軌道内への進入を禁止しているから、道路が渋滞していても、路面電車の前方は開けている。それでも信号で停まっていると、すぐ横に、スポーツカーや大きなダンプが停まる。

グリーンムーバーの運転士は、車が隣に停車すると、一度、その車を確認してから、電車を走らせていった。スピードは四十キロ。制限速度である。

次の電停に停まると、車窓の向こうに、見覚えのある車が停まった。さっき隣にいたトラックである。道路の混雑状況によって、車の速度は変わってくる。路面電車のほうは、道路状況の影響はないが、前を走る路面電車を待つことがある。

そうなると、グリーンムーバーも速度を制限したり、電停で、間隔の調整をしたりしなければならない。もちろん、信号が赤になれば、グリーンムーバーも停まるし、電停での乗客の乗り降りもある。だから二駅、三駅、同じ車が並走しても、おかしくはないのである。

「この状況が、理由かもしれませんね」

宮本が、ふと漏らした。

「この状況とは？　車が、そばに寄って来ることですか？」

十津川が聞く。

「いえ、グリーンムーバーと車が並走する状況のことです。隣を走っていた、ある車が、運転士の高橋雄介には、気になったんじゃないでしょうか？　そして、車道のほうが空《す》いてきて、車は速度をあげて、グリーンムーバーを抜き去っていった。高橋雄介は、チラッと見た車が気になって、四十キロで追いかけたが、とても捕まらない。そこで、規則違反とは知りながらも、六十キロ以上のスピードを出していった。しかし、途中で問題の車が、別の道路に入ってしまったので、追い付けなかった――。そのときに、高橋が出していたスピードが六十キロ以上。当然規則違反ですから、乗客から非難が寄せられた。高橋は、本当のことがいえなかった。たまたま隣に停まっていた車が気になって、スピードを上げたというのでは、弁解の余地がありませんから。高橋自身は、口を閉ざしているし、会社としても、問題行動ではあるから、口外しないよう、緘口令《かんこうれい》を敷いているのかもしれません。そう考えれば、高橋のおかしな行動に、説明がつくような気がしますね」

と、宮本が、いった。

三人は、その足で広島電鉄の保養所に向かった。高橋雄介は、退院後、再び保養所に戻っていると聞いたからである。

高橋は元気だった。怪我も順調に回復して、三日後には現場に復帰するという。

「その指示をもらって、ほっとしているんです。僕自身が一番、現場に戻りたかったから」

高橋は、神妙な顔だった。そのとき、宮本が、いった。

「それにしても、四十キロの制限速度の区間を、六十キロで突っ走った。その理由については、取り調べには、どう答えたんですか？ 暴行事件の時に、そのことも聞かれたんじゃありませんか？」

「速度超過の理由については聞かれませんでした。ただ、これからは、慎重に制限速度を守って運転するように、とだけ念を押されました」

と、高橋が、いう。

「実は、それについて、こう考えたんですよ。とにかく聞いてください」

と、宮本はいい、高橋が眉《まゆ》をひそめても、構わずに喋《しゃべ》った。

「あなたは事件の日、グリーンムーバーを運転していた。電停か信号で停まった時、たまたま隣に停車した車に、目をやった。何らかの理由で、その自動車が、気になって仕方がない。信号が青になると、車を追いかけるように走り出したが、グリーンムーバーより、車のほうが速い。あなたはその車に追い付こうとして、スピードを上げたんだ。違いますか？」

高橋は少しの間、黙っていたが、急に笑顔になって、

「参りました」

ペコリと頭を下げて、

「実は途中の電停で、横に停まった車を、若くてきれいな女性が運転していたんです。グリーンムーバーは窓が大きいから、よく見えるんですよ。ところが、その車のほうが、先に進んでしまいました。僕は、その女性のことが、気になって気になって仕方がなかった。何とかもう一度見たいと思って、スピードを上げてしまいました。でも、そうやって追い付こうとしてもすぐ、次の電停に着いてしまい、なかなか追い付けません。やきもきしている間に、つい、四十キロの制限速度を破って、五十キロになり、気づけば六十キロになっていました。そのうちに、例の車は、横道に入ってしまった。僕は追いかけるのを諦《あきら》め、やっと四十キロに落としたんです。若いきれいな女性の顔を見たくて、スピードを上げたなんて、恥ずかしくて、とてもじゃないけど、いえないじゃないですか。だから、今まで黙っていたんです。あなたにいわれて、かえって

ホッとしました。今度質問されたら、正直に答えようと思います」

「本当にきれいな人だったんですね」

「そうなんです。とにかく横顔がきれいだったし、正面から見ても、素敵でした。好きな若い女優さんによく似ていたんです。今も、本物のあの女優だったんじゃないかと思っているんです。もう一度はっきり見たいという思いもあります。でも、これでホッとしました。もう嘘《うそ》をついたり、何も答えずにいる必要もなくなりましたから。

それにしても、よく分かりましたね」

高橋は、にっこりした。

5

保養所を出ると、十津川たちは、近くのカフェに入った。

「やっぱり、彼は若いんですね。並走した車のドライバーが、あまりにもきれいだったから、夢中になって、制限速度を突破して追いかけてしまった。その行動は、路面電車の運転士としては失格だけど、若い男としては合格ですね。ただ単にスピードを上げたかったというよりも、はるかに人間らしい。納得できました」

宮本が、いった。だが、十津川は黙っていた。それが気になったのか、

「十津川警部は、そういう若い男の感情や行動は嫌いですか？　もっと抑制的に運転をできなければ、問題だというお考えですか？」

と、宮本が聞いた。

「宮本さんは、高橋雄介の、あんな嘘を信じたんですか？」

宮本は驚き、

「十津川警部は、彼の話を嘘だと思ったんですか？」

「そうですよ。もちろん、あんな馬鹿《ばか》げた話なんか、あり得ませんよ。第一、あの話は、もともと宮本さんが、口にしたことじゃありませんか。高橋が、自分からいった話じゃない。あなたが、並走した車を追いかけたんじゃないかと推理した時、私はじっと高橋の顔を見ていたんです。彼はホッとしていましたよ。たぶん、彼は何回も理由を聞かれて、いいかげん困っていたに違いないんです。そんなときにあなたが、助け舟を出したんです。それで、ホッとして、そうです、そうですと肯《うなず》いた。隣に並んだ車を運転している若い女性が、あまりにきれいで、しかも自分の好きな女優に似ていたので、もう一度顔を見たくなり、速度を上げて追いかけた。そんな嘘で納得して貰《もら》えればありがたいと、彼はホッとしたんですよ」

と、十津川が断定した。宮本が、途端に苦い表情になった。

「あの高橋君が嘘をついたのは、間違いないのですか？」

「もちろんですよ。あんなにホッとした表情は、初めて見ました。本当の理由がバレずに済んで、安堵《あんど》した顔ですよ。これで、警察をうまくごまかせると思ったんです」

と、十津川は繰り返した。

「あなたは、どう思うんですか？」

宮本は、助けを求めるように、北条早苗刑事を見た。

「私は、正直にいって、わかりません。でも、彼がホッとした顔になったのは気づきました」

「それは、本当の理由をいう気になって、ホッとしたんじゃありませんか？　嘘をついてホッとしたというのは、私には、ちょっと考えられませんが」

宮本はまだ、自分の推理にこだわっていた。

「あのホッとした表情は、それとは違うと思います。私はあの時、被疑者を逮捕して尋問する時のことを思い出したんです。あの顔は、どう見ても、真実を話している顔じゃありません。嘘をつき、その嘘を刑事が信じたので、ホッとしている、そういうときの被疑者の表情です。本当のことをいっている顔じゃありません」

と、北条早苗も繰り返した。

「参ったな」

と、宮本が、なおも納得できないという声を出した。すっかり落ち込んでしまった宮本を慰めるように、十津川がいった。

「高橋雄介の運転するグリーンムーバーが停まっている時、横に車がいた。その車が気になった、というのは本当でしょう。それ以外に、彼がスピードを上げる理由はありませんから」

「でも、若いきれいな女性が運転していたので、思わずその車を追いかけてしまったというのは、嘘だと十津川警部は思っているわけでしょう？」

と、宮本が粘る。十津川は笑った。

「いかにも、若い男性らしい嘘じゃありませんか。でも、嘘は嘘ですよ。なぜなら、彼の証言には、一つ誤りがありました」

「誤り？」

「そうです。彼は『とにかく横顔がきれいだったし、正面から見ても、素敵でした』と言いました。先ほど私は、グリーンムーバーに乗っているときに確認しましたが、並走する車の運転手の横顔は見えても、正面の顔は見えません。彼はとっさに嘘をついたので、話に綻《ほころ》びが生じてしまったのです」

「なるほど。確かにそうですね」

「それに、第一、そんなことのために、二人の男女が何者かに襲われて、入院するような事件が起きるはずはありません。隣に停まった車が気になった。そこまでは、事実だと思います。しかし、あの若い運転士が気になったものが、他にあったはずなんです。だから、追いかけた。追いかけられた方は、彼を脅して、口を塞《ふさ》ごうとして襲った。そういう事情だと、私は考えています。彼が誰を見たのか、なぜ彼の口を塞がなくてはならないのか、それは、私にもまだわかりません。ただ、若いきれいな女性を追いかけたというのは、本当の理由ではない。それだけは、はっきりしています」

遠慮しながらも、十津川は、もう一度、宮本の考えを打ち砕いた。

「さすがは、刑事さんです。感動しました。しかし、これからどうしたらいいんですか？」

と、賞賛する言葉とは裏腹に、宮本が、憮然《ぶぜん》とした表情で聞いた。

「高橋雄介は、今後も狙われる危険があります。広島中央警察署に行って、今後のことを、相談してみようじゃありませんか。今回の殺人未遂事件は、広島県警との合同捜査になると思うので、私も警視庁の人間として、その挨拶《あいさつ》もしなければなりませんから」

と、十津川が、いった。

6

広島中央警察署には、「広島電鉄運転士殺人未遂事件捜査本部」という、長たらしい看板がかかっていた。事件を担当するのは、若月《わかつき》という三十代の若い警部だった。

ここまで同行していた宮本だが、捜査本部を前にして、これ以降の同行を遠慮した。

そのため、十津川と北条早苗刑事の二人だけで、まず署長に挨拶をしてから、若月警部との話し合いに入った。

十津川は、ここに来る前に、高橋雄介に保養所で会ってきたと告げた。

「どうでしたか？」

「実は、隣に停まっていた車に、とてもきれいな女性が乗っていた。その車に抜かれてしまったので、もう一度、彼女を見たいと思って、つい、グリーンムーバーのスピードを上げてしまったというのです」

「それで、十津川さんはどう思ったんですか？」

「にこにこしていましたが、明らかに嘘をついているな、と思いましたね。あれは嘘です。可愛《かわい》い嘘です」

「どうして、そう思ったんですか？」

「発言に矛盾があったからです」

と、十津川は、先ほどの推理を、若月に話した上で、続けた。

「だから、問題になるのは、本当はなぜ、彼がスピードを上げたかです。彼は、広島電鉄の正社員、正式な運転士です。可愛い女の子を見つけて追いかけるような、衝動的な男にも見えません。職務意識は、しっかりと持っていますからね」

「なるほど、そうですか。高橋雄介は、しっかりした職務意識を持っている。そう思われましたか？」

「そう思いました」

「となると、その職務意識に燃えている男が、なぜ速度制限を守らなかったのか。それが、なおさら大きな疑問になってきますね。隣を並走する自動車を運転しているのが、可愛い女性だったので、思わず追いかけてしまった、という理由が本当だったら、職務意識に大きく欠けることになりますから」

「彼が嘘をついていると感じたのは、それもありました。車の運転をしている女性に見とれて、スピードを出すなんて、明らかに危険な行為です。運転士としては、最も資質に欠ける行為といえます。それをにこにこ笑いながら、口にしている。その理由が、ちょっとわからなかった。若月さんは、どう思いますか？」

「もしかしたら、高橋にしてみれば、もし叱責《しっせき》されたり、もう一度停職になったりしても、本当の理由を隠したいのかもしれません。そう思っているからこそ、開き直って、笑ったのかもしれませんね」

「私も、そう考えました。しかし、となると、本当の理由は、よほど話したくない、重大なことのようですね」

「その通りです。女性に見とれてスピード違反をした。そんなことをいえば、会社から叱《しか》られるだろうし、マスコミからも叩《たた》かれる。それを覚悟の上で、嘘をついていることになります」

「ますます、理由が何なのか、難しくなってくるんですよ」

最後に、十津川が、いった。

十津川たちは、広島中央警察署を後にすると、市内のホテルにチェックインした。ホテルの近くの牡蠣《かき》料理の店で、夕食をとった後、十津川は東京の亀井刑事に電話した。

「もし、警部の推測が当たっていれば、高橋雄介は、もう一度狙われるかもしれませんね」

と、亀井が、いった。

「それは、広島県警の若月警部も警戒していた。刑事を何人か、警護に当たらせると言ってくれた。それで少し安心しているところさ」

「高橋雄介がスピード違反を犯した理由は、依然として分からないんですよね？」

「そうなんだ。たぶん、あの若い運転士は、若い女性に見とれてしまったという嘘を、つき通すと思うんだ」

「それが表に出ると、なおさら、叩かれるんじゃありませんか？　広島電鉄も、社外への対応が難しくなります」

と、亀井が、いう。

「今のところ、心配なのは、高橋雄介がもう一度襲われるかもしれないことと、速度超過した理由が表沙汰になって、世間から叩かれる可能性だな」

「それにしても、どうして高橋という運転士は、本当のことをいわないんでしょうか？」

「そこが問題だな。よほど口に出せないことがあるはずなんだが、今のところ、想像がつかない。それに、もし本当の理由が明るみに出そうになったら、その時こそ、高橋雄介が、また襲われるかもしれない。今度は、命も危険になるぞ」

と、十津川は、いって、電話を切った。

十津川は、高橋運転士がスピードを上げたのは、並走している自動車に追いつこうとしたためだと考えていた。そこで翌日、広島電鉄のベテランの運転士、坂上市之《いちの》介《すけ》に頼んで、広島駅前から、グリーンムーバーの運転席に同乗させてもらった。

高橋運転士が、事件を起こした日に運転していた車両である。走りながら、十津川と北条早苗は、坂上から、この電車について詳しく聞いた。広島駅から、終点の広電宮島口まで行く路線である。広電西広島までが本線といわれ、市内を走り、自動車や自転車と並走する。専用軌道ではない、いわゆる路面電車となっている。

広電西広島から広電宮島口までは、専用軌道になるので、並走する車を追いかけることは出来そうもない。そこで十津川は、広島駅から広電西広島までの区間に注目することにした。

市内は、電停と電停の間の距離が短く、電停の数も多い。広島駅から並べていくと、猿猴橋《えんこうばし》町、的場町、稲荷《いなり》町、銀山《かなやま》町、胡《えびす》町、八丁堀、立町《たてまち》、紙屋町東、紙屋町西、原爆ドーム前、本川《ほんかわ》町、十日《とおか》市《いち》町、土橋《どばし》、小網町、天満《てんま》町、観音《かんおん》町、西観音町、福島町。

そして、広電西広島である。

今日はウィークデーである。高橋が運転していた日も、同じだった。それでも、人口百二十万人の広島市は、やはり歩いている人の数も多いし、車や自転車の数も多い。広島市は、電車優先にしたから、自動車や自転車は、広島電鉄の軌道の中に入ってこない。それでも運転士は慎重である。もちろん、時速四十キロという、決められた速度で走っていた。

「事件の日、高橋運転士は、どの辺からスピードを上げたんですか？」

十津川は、坂上に聞いた。

「詳しくは聞いていませんが、繁華街のど真ん中の銀山町や胡町、八丁堀あたりは、電停の間隔が短いですから、スピードを出したくても、出せません。たぶん、原爆ドーム前あたりからは、ほかの場所に比べて、スピードが出せると思います。高橋運転士が六十キロで走ったのは、原爆ドーム前から先ではないかと思います」

と、坂上が、いった。

確かに彼がいうように、中心の繁華街に比べると、原爆ドーム前からは、自動車の数も少なくなってくる。

「それでは、原爆ドーム前から広電西広島までの間に、監視カメラがあったら、速度超過の当日に、高橋運転士のグリーンムーバーが映っているか、調べたいですね」

と、十津川が、いった。広島県警にも伝えて、監視カメラを調べてもらうことになった。

確かに、広島駅前から広島の繁華街周辺に比べると、原爆ドーム前の電停からは、道路も空いてくるので、四十キロから六十キロに、速度を上げることができそうだ。

十津川は、広島に留まって、自分が提案した監視カメラの調査結果を待つことにした。その間、十津川は、北条早苗刑事と一緒に、広島駅前から広電宮島口駅までのコースを、何回か乗ってみた。確かに、広電西広島から先は、専用軌道になっているから、いくらでもスピードは出せるだろう。

ベテランの坂上運転士は、

「グリーンムーバーは、楽に八十キロまで出せるんですよ。ですから、時々出してみたい、という誘惑にかられることはあります」

と、いって笑った。

広島駅前から広電西広島までと、その先とでは、全く事情が異なっている。そのため、広島電鉄では、市内を走るルートにある電停には、道路の中に、高さ三十センチくらいの「島」を作っている。この「島」を、この区間では「電停」といい、広電西広島から先は、「駅」と呼ぶのだと聞いた。確かに、町中の「電停」と、専用軌道になってからの「駅」では、形が違っていた。

二十四時間経《た》って、ようやく何枚かの写真を、十津川は見ることが出来た。監視カメラの映像から、該当する箇所を、静止画にしたのだという。広島中央警察署の中で、五枚の写真を、北条早苗刑事と一緒に見た。もちろん、広島中央署の若月警部も一緒である。

五枚の写真は、それぞれ違った場所で写されていた。坂上運転士がいったように、原爆ドーム前から先の路線が多い。しかし、五枚の内の四枚は、高橋が運転するグリーンムーバーは写っていたが、その周りに、これはと思う車の姿もなかった。

最後の一枚、それは原爆ドーム前と次の駅、本川町の間で、監視カメラが捉《と》えた映像だった。真正面から撮られていて、運転している高橋雄介の顔も、ハッキリ写っている。ほかの写真と違うのは、彼が前を向かずに、横を向いていることだった。その視線の先に、グリーンムーバーと並走している自動車が写っているのだ。

白のベンツ。大型のS600である。運転しているのは、若い女性だった。サングラスをかけているので、顔は定かではない。さらに、その隣の助手席に、ジャンパー姿の若い男性が乗っているのが見えた。角度の関係で、やはり顔は、よく分からない。

さらに、リアシートには、スーツを着た男が乗っているのが分かる。横を向いている。高橋運転士が、ベンツの中の誰を見ていたのかは、判別できない。たぶん、この後も、高橋運転士は、ベンツS600を横目に見ながら、スピードを上げたり下げたりして、並走したのだろう。しかし、この後の映像は見つからなかったという。

ベンツを運転している女性の顔も、助手席の男の顔も、ハッキリしないし、リアシートの男の顔も、判然としない。しかし、ありがたいことに、このベンツのナンバープレートは読み取れた。

品川ナンバーである。その番号を、十津川は自分の手帳にメモした。

果たして、この品川ナンバーの白のベンツが、高橋雄介運転士の不可解な行動の原因となったのだろうか。

第三章　七年前の殺人

1

十津川は、陸運局の協力を得て、監視カメラに写っていたナンバーから、白のベンツS600の持ち主を突き止めた。外車の輸入台数では、ベンツが一番多いが、それでも国産車に比べれば、たかが知れている。

所有者の名前は川口《かわぐち》真一郎《しんいちろう》、四十八歳の代議士である。政治家としては若いが、人気があり、将来の総理候補といわれている人物だった。

政治家に弱い、三上《みかみ》刑事部長は、たちまち渋い顔になった。

「今回の捜査は、慎重の上にも慎重であって欲しい。相手を怒らせるような行動は厳禁だ」

と、十津川に釘《くぎ》を刺した。

十津川は、まず、この川口真一郎について、周辺から調べていくことにした。

川口真一郎は、いわゆる二世議員だった。父親も政治家で、総理大臣にはなっていないが、外務大臣や大蔵大臣を歴任して、五年前に亡《な》くなっていた。母親も政治家だった。政治家一家に生まれ、川口真一郎本人も、将来の総理候補といわれていれば、だいたいの評判はわかってくる。

頭が切れ、ルックスもいいので、国民の人気も高い。一つ問題があるとすれば、女性関係だろうと囁《ささや》かれていた。だが、川口真一郎は、既に結婚していて、男の子が一人いる。健全な父親でもある。

川口真一郎をよく知る、政治評論家のSは、

「全《すべ》てにおいて、揃《そろ》っているね。たぶん今から十年以内に、彼は総理大臣になるだろうな。反対する者はいないと思うね。心配なのは、やはり女性関係だな」

と、いった。

「女性関係が、唯一《ゆいいつ》の弱点なんですか？」

「演説もうまいし、政治家としての素質も十分だ。それに、父親に似て、美男子だね。女性にもてる。だから女性関係に気を付けろと、亡くなった父親は、常々いっていたらしい。彼の方から誘わなくても、女性が寄ってくる。そこが危ないといえば、危ないんだ」

「しかし、川口真一郎が女性で失敗したという話は、聞いたことがありませんが」

と、十津川が、いった。

「もちろん、今は用心してるよ。政治家としての四十八歳。これからが、一番大事な時期だからね。与党としても、人気が欲しいから、川口真一郎を何かと盛り立てている」

「川口真一郎の車ですが、ベンツの白、S600。写真を見たんですが、ドライバーは女性でしたね」

「その運転手なら有名だよ。私設秘書で、名前は小野寺《おのでら》ゆみ。確か三十歳だったと思う。七年前から、川口真一郎の私設秘書兼運転手をやっている。有名私大出身で、なかなか美人だし、頭も切れる。その上、空手の有段者だというからね」

「七年前から秘書兼運転手ですか？」

「そうだよ。それだけ、この女性は川口真一郎に、というよりも、川口家に信頼されているんだ」

次に、十津川が調べたのは、川口真一郎というエリート政治家と、広島電鉄の運転士、高橋雄介の接点である。

一見したところ、この二人には、接点が存在しないように思える。年齢も、現在四十八歳と二十五歳で違いすぎるし、出身地も違う。そして学歴も、川口真一郎は国立大の出身で、外国への留学の経験もある。その点、高橋雄介は高卒だし、路面電車の運転を覚えたのも、広島電鉄に入社した後である。

十津川は、川口真一郎の経歴を、時系列で縦に書き出していき、高橋雄介の方も同じように、縦に並べて書いていった。そのどこかで、二人は出会っているか、すれ違っているはずである。

それでも、なかなか二人の接点は見つからなかった。

そこで、時系列を、さらに細かく刻み、月日の単位で調べていったら、やっと、二人の接点らしきものが浮かびあがってきた。

今から七年前、高橋雄介は、高校三年の最後の夏休みに、遠い親戚《しんせき》が長野県でやっている、温泉旅館の手伝いに出かけていた。高橋から見れば、夏のアルバイトである。

その旅館は、長野県の渋《しぶ》温泉にある花村《はなむら》旅館である。そこの主人は数年前に亡くなっていて、女将《おかみ》さんが切り盛りしていた。女将の名前は花村敏江《としえ》。高橋雄介から見ると、遠い叔母さんとでもいう存在だった。

その夏、川口真一郎も、渋温泉に来ていたのではないかと考えた。調べると、十津川の勘は、ぴったりと当たっていた。八月の十日から十五日まで、川口真一郎は、この渋温泉の花村旅館に泊まっていたのである。

さっそく、十津川は、亀井刑事と、渋温泉の花村旅館に向かった。まず北陸新幹線で、長野駅を目指す。そこからさらに、長野電鉄の特急に乗り、終点の湯田中《ゆだなか》で降りた。

渋温泉は、近くの湯田中温泉や、同じ長野の諏訪《すわ》温泉に比べれば、小さな旅館街である。大きなホテルは少なく、ほとんどが小さい旅館だった。だが、それぞれに特徴を持ち、古くから湯治場として栄えたという往時の名残りが、今も光って見える。

花村旅館は木造の三階建ての、今では珍しい、いかにも旅館という感じの建物だった。十津川は、女将の花村敏江に会って、話を聞いた。

花村敏江は、七年前に遠縁の高橋雄介がアルバイトに来た時のことを、よく覚えていた。十津川が感心すると、

「あの年は、この渋温泉で、一人、亡くなった人がいたんですよ。だから、よく覚えているんです」

と、いう。

「七年前の八月に、ここで人が死んだんですか？」

「うちに泊まっていたお客さんの一人が、この旅館街の奥の林の中で、殺されていたんです。地元の警察が調べに来たりして、大騒ぎになりましたから、忘れるわけがありません。ちょうど今日みたいに、刑事さんが来たんです」

「その事件のことを、詳しく聞かせてください。事件があったのは、八月の何日ですか？」

と、十津川が迫った。

「今でも、はっきり覚えています。八月十二日の夜でした。この近くの河原で、毎年、その日に花火大会があるんです。その晩も、お客さんたちは、みんな河原に行って、花火をご覧になっていたんですけど、ちょうどその頃に、奥の林の方で、男の方が亡くなっていたんです。名前は、奥村《おくむら》さんとおっしゃいました」

「調べたところによると、高橋雄介君がアルバイトをしていたとき、代議士の川口真一郎さんも、この渋温泉に来ていたようです。ご存じですか？」

「川口真一郎さんは、八月のお盆の時期に、車でいらっしゃいましたよ。この花村旅館に滞在されました」

「その時、女性の運転手も、一緒に来たんじゃありませんか？」

と、亀井が聞いた。

「ええ。ただ、運転手の方は、お泊まりになりませんでした。一緒に泊まって、おかしな噂《うわさ》を立てられては困るとおっしゃって、運転手の方は、うちのお隣の水明荘さんに、お泊まりになっていました」

「死んだ奥村という人も、ここの旅館の、泊まり客だった。そうですね？」

十津川が聞いた。

「正確にいうと、奥村さんが、うちの旅館に来られたのは朝早くで、川口真一郎さんに用があるといって来られたんですよ。それで、一緒に外出なさって、夕方には帰って来て、奥村さんも、うちに泊まることになったんです。そのあと、花火を観《み》に外出なさったんです。翌日の十三日早朝、今いった林の中で、奥村さんが亡くなっているのが見つかりました。刑事さんが大勢やって来て、調べて分かったんですけど、頭を殴られた上、首を絞められて、殺されたということでした。それで、私たち従業員に加えて、お泊まりのお客さまは、全員が警察に調べられました」

「それで、犯人は捕まったんですか？」

「いいえ。まだ、捕まらないみたいです。困ったことに、手伝いをしていた高橋雄介が、容疑者になってしまいましてね。警察に連れて行かれて、尋問されたりして大変でした」

「どうして、高橋雄介君が疑われたんですか？」

「先ほどいった、川口真一郎さんの秘書兼運転手の小野寺ゆみさんが、証言したからなんです。亡くなった奥村さんと、うちの高橋雄介が、一緒に林の方に歩いていくのを見たと……。このあたりで奥村さんの知合いといえば、川口真一郎先生しかいません。いくらなんでも、川口先生を容疑者扱いはできませんから、どうしても警察は、うちの高橋雄介が犯人ではないか、と疑ったみたいなんです」

「疑いは晴れたんでしょう？」

「晴れたというか、証拠不十分で釈放されました。刑事さんの中には、残念そうに、疑わしいところもあるが、証拠がないから仕方ないと、いっている方もいらっしゃいました」

花村旅館の女将の話だけでは、細かい事実がわからないので、十津川と亀井は、地元の中野警察署を訪ねていった。

そこの署長は、ちょうど七年前の事件の時に、捜査の指揮を執ったというので、詳しく知っていた。

「あの事件なら、よく覚えていますよ。何しろ、こんな小さな温泉街にしてみたら、途方もなく大きな事件でしたからねえ。殺人事件というだけでなく、川口真一郎という若手の政界のホープが、関係者の中にいましたから。そのため、県警本部からは、とにかく慎重にやれと、繰り返し命じられました」

と、いった。

「それで、花村旅館に夏休みのアルバイトに来ていた高校生が、容疑者になってしまったみたいですね」

「そうなんです。被害者の方は、奥村不二夫《ふじお》といって、当時三十六歳。東京で、政治新聞の記者をやっていました。川口真一郎代議士が、次の内閣改造で、四十一歳の若さで大臣になるんじゃないか。そんな噂があったので、談話を取りに、渋温泉までやって来たようなんです」

「ところが、八月十二日の花火大会の翌日に、奥の林の中で、死体で発見されたんですね」

「そうなんですよ。検視によって、発見の前夜に殺されたことがわかりました。つまり十二日ですが、この日は、渋温泉の花火大会の日でしてね。旅館から眺めている人もいれば、河原まで行って、近くで観ている人もいる。たいていの客は、花火を観ていたんです。そんな時に、奥村不二夫は離れた林の中で殺されていたんですから、なかなか目撃者が見つかりませんでした。困っていたら、川口代議士の女性秘書が、河原で花火を観ている川口さんを迎えに行く途中で、殺された奥村不二夫を目撃したというのです。しかも、若い男と一緒に、問題の林の方に歩いて行くところだったと証言しましてね。彼女が証言した人相から、アルバイトの高橋雄介が、容疑者になったんです」

「動機が、分からないんじゃありませんか」

「そうです。しかし、高校三年生の夏休みに、わざわざ長野県の小さな温泉街に、アルバイトに来ていたんだから、小遣いが欲しかったんだろう。そう考えれば、旅館のお客だった奥村不二夫の懐《ふところ》を狙《ねら》って、殺したという可能性もありうる、という見方が出ましてね。それに、高橋雄介は高校生ですが、身長も高く、スポーツマンタイプで体つきも、たくましかったですからね。一方の奥村不二夫の方は、小柄で細身でしたから、高校生でも、殺すのは簡単だと思えました。そうしたことから、金を盗《と》ろうとして、被害者を奥の林で殴り、さらには絞殺した。そう考えたんです」

「金目当てにしても、ずいぶん短絡的にも思えますが……。他に、高橋雄介が犯人だという証拠は、見つかったんですか？」

「高橋雄介は、花村旅館一階の三畳間をあてがわれて、そこで寝起きしていたんですが、その部屋を捜索すると、殺された奥村不二夫の財布が見つかりました。八万二千円が入っていました」

「そこまで揃っているなら、高橋雄介を逮捕して、起訴できたんじゃありませんか。もちろん、少年法の適用は受けますが」

と、亀井が聞いた。

「確かに、被害者の財布が見つかった時には、ホッとしました。ところが、殺された奥村不二夫の夏服の上着のポケットには、百万円入りの封筒があったんですよ。政治新聞の記者ですから、誰かに頼まれて、川口真一郎に渡すつもりだった百万円だと考えられます。しかし、高橋雄介が、金欲しさに奥村不二夫を殺したとすれば、どうして百万円入りの封筒を盗まずに、八万円余りの金しか入っていない財布を盗んだのかが、分からなくなってくるんです。花村旅館の女将の証言で、奥村は、財布を夏服のポケットに入れていたことが分かっています。封筒と同じポケットですから、金目当ての犯行なら、必ず百万円の封筒にも、手をつけなければおかしいんです。それで結局、不起訴になりました」

　と、署長が、いった。

「その後、迷宮入りですか？」

「そうなってしまいました」

「事件の捜査を通して、容疑者は、高校生の高橋雄介、一人だけだったんですか？」

「そうですね。一応、奥村が訪ねてきた川口真一郎にも、疑いがかかりましたが、殺す動機がないという主張が通りましてね。それに、川口真一郎の秘書の証言から、被害者が林に向かったときには、まだ川口代議士は、花火大会の会場の河原にいたことがわかっています。アリバイがあるのです。だから、容疑者にはなっていません」

「その秘書の女性は、どうだったんですか？　彼女の証言には、信憑性《しんぴょうせい》があったんですか？」

　と、十津川が聞いた。

「川口代議士の秘書、小野寺ゆみと、高校生の高橋雄介とは、全く接点がありませんし、彼女の証言を疑う理由もないんです。同時に、他の証言があったわけでもありません。何しろ花火大会の日で、人出も多かったので、結局誰かと見間違えたんだろうということになりましてね」

「それでは、高校三年生の高橋雄介は、この事件の容疑者になって、どんな様子でしたか？」

と、亀井刑事が聞いた。

「怒っていましたよ。当然でしょうね。特に、自分を容疑者だと証言した小野寺ゆみに対しては、怒り心頭だったんじゃありませんか。彼女の証言一つで、容疑者にされたんですから」

と、署長が、いった。

2

十津川は、ついに、川口真一郎に会いに行くことにした。現在四十八歳の若手で、経産大臣の要職にある。七年前も、政界のホープといわれていたが、今や次の総理総裁を狙う、逸材の一人とされている。

議員会館に会いに行くと、身のこなしも俊敏で、いかにも次代のホープらしい、若さの溢《あふ》れる大臣だった。

十津川と亀井が直接会って、七年前の渋温泉の事件について聞くと、川口真一郎は、

別に嫌そうな顔も見せず、

「実は、あの事件のことは、時々、思い出します。迷宮入りになってしまったのが残念で、今でも、一刻も早く、犯人が逮捕されればいいと考えているんですよ」

と、いった。

「今から七年前の八月に、渋温泉の花村旅館に泊まられたそうですね」

「そうです。八月の十日から十五日まで、宿泊しました」

「どうして、その時、渋温泉に行かれたんですか？」

「あの少し前に、大きな選挙がありましてね。私は四十一歳と若かったから、党の重鎮たちから、とにかく、こき使われました。選挙が終わると疲れ切って、これでは体がもたないと思ったので、前から興味があった渋温泉に行ったんですよ。私は、最近の大きなホテルよりも、渋温泉のような小さな旅館、それも古めかしい旅館が、好きなんです」

と、いって、川口は笑った。

「滞在中の十二日に、東京から奥村不二夫という人が、会いに来ていますね」

「そうなんです。政治新聞の記者ですよ」

「古くからのお知り合いですか？」

「いやいや、ほとんど会ったことはありません」

「奥村さんは、東京から、先生に会いに来たんですね？」

「会いに来たというよりも、取材ですよ。あの選挙では、うちの党が大勝利を収めましてね。微力とはいえ、選挙中に活躍したというので、論功行賞というのかな、次の内閣改造では、若い官房長官が生まれるのではないか、そういう気の早い噂もあって、その取材に来たんです」

「それなのに、どうして渋温泉の林の中で、殺されてしまったんでしょう？」

「それは、私にも分かりません。ただの噂だったとしても、次の内閣改造で、若い官房長官が生まれる、そういわれて、悪い気はしませんからね。彼が取材に訪れた日は、ちょうど花火大会で、私は河原に見物に行ったんです。奥村記者は、旅館に残って原稿を書くとか、いっていましたよ。それがどうして、林の中で殺されたのか、私にも全くわかりません」

「被害者の奥村不二夫の上着のポケットには、百万円入りの封筒が残っていたというんですが、このお金が何なのか、わかりますか？」

十津川が聞くと、川口真一郎は笑って、

「たぶん、誰かが、私に政治献金として渡してくれと、被害者に頼んだんじゃありませんかね」

「それを、先生は断ったんですか？」

「ええ、断りましたよ」

「それは、政治を金で動かしてはいけないという、何かしらの信条からですか？」

十津川が聞くと、川口が、また笑った。

「そんな立派なものじゃありませんよ。私はまだ、政治家としては駆け出しでしたからね。詳しい趣旨を聞くまでもなく、そんなお金で、自分の将来を買われたら困ると思って、断ったんです。それは、はっきり覚えています。お金は先方に返してくれと、奥村記者に、いいました」

「川口さんが泊まっていた花村旅館で、アルバイトをしていた高校三年生の高橋雄介が、容疑者として逮捕されましたね。証拠不十分で釈放されたんですが、どう思われましたか？」

と、亀井が聞いた。

「どうにもこうにも、困ったことになったと思いましたよ。私は、まさか犯人が、あの旅館の関係者だとは思ってもいませんでした。外部の人間の犯行というのが、普通だろうと思っていましたから。高校三年生が容疑者というのは間違いだと、当時も思いましたし、今も思っています」

「しかし、高橋雄介が疑われるきっかけを作ったのは、ほかならぬ先生の秘書の、小野寺ゆみさんじゃなかったんですか？」

「そうなんです。しかし、後から考えると、彼女自身もいっていたんですが、花火大会の最中で、あたりは既に暗くなっていた。だから、見間違えをしたかもしれないと、小野寺君は、後で反省していましたね。あいまいな記憶で、高校三年生に容疑がかかるような事態を招いてしまった。私からも、警察に、小野寺がどういっているか伝えたんです。そういうこともあって、すぐに釈放されたんじゃありませんか」

と、川口が、いった。

3

翌日、十津川は、亀井刑事と、再び広島に向かった。広島電鉄では、ようやく高橋雄介を、職場に復帰させていた。何でも、高橋雄介運転士を現場に復帰させてほしいという嘆願書が、警察と広島電鉄の本社に、多数届けられたというのである。

二人は、高橋雄介が広電宮島口までを往復して、広島駅前に戻って来るのを待って、近くのホテルの一階のロビーで、話を聞くことにした。念のために、広島中央署の若月警部にも来てもらった。

高橋雄介に会って、これまでに分かった事実、七年前の渋温泉の事件のことを話すと、高橋雄介は、急に肩を落として、

「そうですか。全て、ご存じなのですね」

「いや、正しくいえば、事件のありようは分かったが、謎《なぞ》は残っている。事件としては、まだ解決していないんだ。そこで君に、私たちが調べたことが、果たして正しいかどうかを教えて欲しいんだよ。今の私の話で、少しでも君の記憶と違うところがあったら、いって欲しい」

と、十津川が頼んだ。

「ほとんど、警部さんがいわれた通りです。あの時のことは、今でも時々、夢に見るんですよ。警察署に連れて行かれて、尋問された時のことをです。尋問なんて初めてだったし、いきなり容疑者にされたんで、悔しくて仕方ありませんでした」

「君が被害者と一緒に、殺人現場の林の方へ歩いて行くのを見た、そう証言した目撃者がいたよね。その証人のことも、覚えているか？」

と、十津川が聞いた。

「もちろん、覚えていますよ。あとから聞いたことですが、川口真一郎さんの秘書だった女性ですよ。花村旅館で見かけていましたから、きれいな人だったことも知っています。その女性が僕を犯人だと決めつけて、警察に知らせたんですから、本当をいうと、殺してやりたいほど悔しかったんです」

「それで、七年経《た》った今でも、あの事件を忘れていないんだね」

「そうです。忘れられないんですよ。事件そのものが迷宮入りになってしまったんですから、本来なら、忘れた方がいいのかもしれませんが、僕には無理なんです。川口真一郎さんや、あの女性秘書に似ている人がいると、びくっとして、相手を見てしまうんです」

「つまり、七年振りに君は、路面電車を運転していて、彼女を見つけたんだな？」

「そうです。間違いなく、女性秘書の小野寺ゆみでした。サングラスをかけていましたが、すぐに分かりました。しかし、すぐ車の方が動いてしまったので、何とかしてもう一度見てやりたいと思って、規則違反を承知で、電車のスピードを速くしたんです。何しろ、七年振りに見つけたんですから。こんな偶然は二度とないでしょうから」

と、高橋雄介が、繰り返すように、いった。

「後部座席に乗っていた男性を、川口真一郎代議士だと確認したのか？」

と亀井が聞いた。

「確認はできませんでした。助手席にも、誰か乗っているのが見えましたが、顔は分かりませんでした。でも、間違いなく、あのベンツの後部座席に乗っていたのは、政治家の川口真一郎さんですよ」

「どうして、そう言い切れるのかね？」

「川口真一郎さんは、白のベンツが好きで、公務以外の時は、それしか乗らないと、どこかで読んで知っていたからです」

「それで今、君は、何が望みなんだ？　あの川口真一郎や、秘書の小野寺ゆみに、何をして欲しいんだ？」

「もちろん、僕を容疑者にした女性秘書や、その女性秘書を使っていた先生には、改めて謝って欲しいですね。七年前のあの事件が解決しないと、自分の気持ちが吹っ切れません。ですから、一番望んでいるのは、渋温泉の事件の解決なんです」

と、高橋が、いった。次は、十津川に代わって、広島中央署の若月警部が、高橋雄介に質問した。

「七年前の事件について、もう少し聞きたい。問題の日、君は、どこにいたんだ？」

「近くの河原で、花火大会があったんです。それを観に行っていました。女将さんが、観て来なさいといってくれたので、急いで観に行ったんです」

「そこには、誰か一緒にいたのかね」

「いいえ、誰もいませんでした」

「どうして」

「これも女将さんにいわれたんですけど、お前は、お客ではなくて使用人だから、泊まり客と一緒になって、わあわあ騒いではいけないと。だから、人込みから少し離れた場所で、一人で花火を観ていたんです。そこには誰もいませんでした。だから、アリバイもないんです」

と、高橋が、いった。

「君が容疑者にされた理由は、女性秘書の証言だけかね？　それとも、他にも何かあったのかね？」

「僕があの時、寝泊まりしていたのは、花村旅館の、三畳の狭い部屋でした。警察がそこを調べたら、殺された奥村不二夫という人の財布が見つかったんです。確か、八万円くらい入っていたと聞きました。あの証言と、この財布の二つで、容疑者にされたんです」

「君は、アルバイトをやっていたくらいだから、お金が欲しかったんじゃないのかね？」

「もちろん、欲しかったですよ。だから、アルバイトしていたんです。でも、人の金を盗むようなことは、絶対にしていません。まして人殺しなんて」

高橋は、強い口調でいった。

「殺された奥村不二夫が、百万円の束を封筒に入れて、上着のポケットにしまっていたということは、聞いたのかね？」

「後で、警察の人から聞きました」

「それで、その時は、どう思った？」

「あの奥村不二夫という被害者は、花村旅館に泊まっている、政治家の川口さんに会いに来たわけでしょう？　それを考えると、政治家には、お金が向こうから、どんどん入って来るんだな、と思いましたよ」

「それで、川口真一郎さんを疑ったりはしなかったのか？」

「疑っても、しょうがないでしょう。偉い先生なんですから。今はもっと偉くなってしまったから、そんな人が、お金を盗んだりはしないと思いますね」

「そして、七年後の今、君は、二人の男に、いきなり殴られたと証言している。その男たちの顔は、覚えているのか？」

「残念ながら、顔はよく分かりません。いきなり殴られたし、二人ともマスクで顔を隠していましたから。ただ、僕と同じくらいの背丈で、体つきはスポーツマンタイプですよ。僕は、高校時代から柔道をやっていたんですが、同じような体つきをしていると思いました」

「君は、自分がどうして襲われたと思うのかね？　心当たりはないのか？」

「その時は、理由は分かりませんでした。殴られる少し前に、川口真一郎さんの白のベンツを見かけたからといって、それが関係しているとは考えなかったんです。しかし今、刑事さんから、七年前の事件について聞かれたので、あの事件が尾を引いているのかなと思いました。でも、正直なところ、分かりません」

「これは正確な答えが欲しいんだが、七年前、君が高校生の時に、渋温泉に行って、事件にぶつかった。その後、高校を卒業し、広島電鉄に入って、研修を積み、運転士になった。この七年間、一度も襲われたり、脅されたりしたことはなかったのか？」

広島中央署の若月警部が聞いた。

「いくら考えても、怖い思いをしたことはありませんね。喧嘩《けんか》くらいはありましたが、すぐ仲直りしたし、脅かされたり、理由なく襲われたりしたことはありません」

「それなのに、ここへきて、いきなり二人の男に襲われた」

「はい、その通りです」

「今年になってから、路面電車を運転していて、川口真一郎の女性秘書を見つけた。それまでの七年間は、一度も見かけなかったんだね」

「そうです」

「君の方から、探すことはしなかったのか？」

「最初のうちは、もう一度会って、文句をいってやろうと思ってましたよ。しかし、川口真一郎さんも、女性秘書も、いわゆる政界に住んでいて、僕なんかとは別の世界ですからね。立会演説会なんかを探して、見に行こうと思えば、できたのかもしれませんが、仕事も忙しいし、段々そんな気持ちも薄れてきました。そうしたら先日、路面電車を運転していて、あの白いベンツを見つけたんです。しかも、運転しているのは、忘れることができない女性だったのです」

「その時は、どうしてやろうと思ったんだね？」

「急に仕返しをしたくなりました。住所を調べて、脅しの手紙を出してやろうかと考えました」

「脅しの手紙？」

『七年前の事件の犯人は、お前たちだろう』という、脅しの手紙ですよ」

「しかし、あの二人が犯人だという証拠はないんだろう？」

「全くありません。だから、あくまで、ただの脅しなんです」

「それで、脅しの手紙を出したのか」

「一度、書きかけたんですが、やめました」

「どうして？」

「うまい言葉が見つからないんですよ。僕自身、七年前の殺人事件を、目撃しているわけではありませんからね。犯人がどんな奴《やつ》で、林の中で、どうやって殺したか、全く知らないんですから。迫力のある脅しの手紙が、どうしても書けなくて、諦《あきら》めてしまいましたよ」

「脅迫の手紙を出していなくてよかったよ。もしも出していたら、この場で、君を逮捕しなければならなかった。それにしても、君は頭の中では、その二人が、犯人だと思っているんじゃないのかね？」

「わかりません。だって、川口真一郎さんは、政治家としては若いけど、優秀なんでしょう？　新聞を見たら、将来の首相だと書いてありましたよ。そんな人が、殺人事件を起こすとは考えられません」

と、高橋が、いった。

4

高橋雄介には、広島電鉄に帰ってもらい、十津川と亀井、そして若月警部の三人は、広島中央署に行って、若月が署長に、事件の概要を説明した後、三人で、今後の捜査方針について協議をした。

「七年前の殺人事件を担当したのは、長野県警でしょう。その時の捜査日誌が見たいですね」

と、若月が、いった。

「こちらで既に、長野県警に電話しました。資料をコピーして、警視庁と、こちらの広島中央署に送ってくれ、と頼んであります」

と、十津川が、いった。

「十津川さんは、今回の高橋雄介と籾山里奈の事件を、どう考えているんですか？」

「七年前の殺人事件と関係があると考えています。これに異を唱える人は、いないと思いますね。ただ、犯人は、一体なぜ、今になって動き出したのか？　運転士の高橋雄介と、高校時代の友達で現在カメラマンをやっている籾山里奈を、なぜ今、いずれも殴って負傷させたのか」

「正確にいうと、高橋運転士が路面電車を運転していて、見覚えのある女性が運転するベンツを見つけた。それで、路面電車で追いかけて確認した。そう考えると、七年前の事件そのものというより、このときの高橋運転士の行動が、七年前の事件を、犯人にも思い出させたんじゃないかなと、私は思いますがね」

「そうなると、渋温泉の事件を、今からもう一度、見直してみる必要がありますね」

「それは、さほど難しくないかもしれませんよ。関係者は、それほど多くありませんから」

話をしている間に、長野県警から、七年前の殺人事件に関する、捜査日誌のコピーが送られて来た。すぐに眼を通しながら、また話し合いが続いた。

十津川は、まず、捜査日誌の最後の方を読んだ。そこには、結論らしきものが書いてあった。

「この事件の犯人は、花村旅館にアルバイトに来ていた高橋雄介か、彼を現場付近で目撃したと証言した川口代議士の秘書の小野寺ゆみ、あるいは川口真一郎その人ではないか。この三人のうちの一人であると考えられる」

そして、以下、殺人事件の捜査の見立てが書かれていた。

高校三年生の高橋雄介が犯人だとすれば、その容疑内容は、次の通りである。

高橋の実家は普通のサラリーマン家庭で、貧乏ではないが、裕福でもない。高校三年だから、もし大学へ行くとなれば、金がかかるだろう。就職するつもりなら、高校三年生の遊びたい盛りだから、高橋雄介が金を欲しがっていたとしても、不思議はない。そのため、花村旅館に泊まることになった奥村の財布を狙って、結果的に殺すことになってしまった。

その高橋がアルバイトをしていた渋温泉の花村旅館には、若手政治家として有望な川口真一郎四十一歳と、女性秘書の小野寺ゆみが一緒にやって来て、彼女の方は、隣の水明荘に泊まっていた。

そこに、本件の被害者、奥村不二夫が川口に会いに来た。彼は政治新聞の記者である。その新聞のデスクの話によると、この時、奥村は、川口から談話を取るだけでなく、ＩＴ関係の会社をやっている社長に頼まれて、政治献金として、百万円を渡してくることになっていた。奥村の夏服のポケットに残っていた百万円は、この金だと考えていい。

その後で何が起こったか、なぜ百万円を奥村が持ったままだったのか、いくつかの推理が可能である。この場合は、川口真一郎が犯人だと推定されるケースがある。一番簡単なのは、百万円を預かった奥村不二夫が、それを自分の物にしようとして、川口真一郎には渡さなかった。それが川口の知るところとなり、揉《も》めた末に殺されてしまった。

二つ目は、奥村は百万円を渡そうとしたのだが、川口真一郎の方が、「それを貰《もら》ったのでは、今後の政治活動がしにくくなる」といって断り、そこから口論になったのではないか。例えば奥村の方が、「あなただって政治資金が欲しいのだから、黙って貰っておけばいいじゃないですか」といったのに、川口真一郎が腹を立て、彼を連れ出して、林の中で絞殺した。

第三の推理は、川口真一郎との話し合いがうまくいかなかった奥村が、花火の夜、酒で憂《う》さ晴らしをしようとして酔っ払ってしまい、ふらふらと歩いていたところで、川口真一郎の女性秘書、小野寺ゆみを見つけて、口論になった。空手二段の小野寺は、いきなり彼の後頭部を殴って気絶させ、その後、喉《のど》を絞めて絞殺。死体を引きずって、林の中に遺棄した。彼の上着のポケットに、百万円が入っていることには気付かなかった。

奥村は、川口真一郎に会いに来たので、このままでは、川口が疑われてしまうかもしれない。そう考えた秘書の小野寺ゆみは、アルバイトの高橋雄介を犯人に仕立てようとして、嘘《うそ》の証言をした。

長野県警は、小野寺ゆみの証言と、部屋から見つかった奥村の財布から、高校三年生の高橋を容疑者として逮捕した。しかし、死体に百万円入りの封筒が残されていたので、それを盗らなかったのはおかしいという意見があり、結局、証拠不十分で釈放せざるを得なくなった。その後も、県警は事件の捜査を続けたが、七年経った現在も未解決である。

「ひょっとすると、犯人は全く関係のない人間かもしれませんね。たまたま渋温泉の近くを通りかかった人間が、酔っ払って歩いている奥村不二夫を脅して、金を奪おうとしたが、抵抗されたので殺してしまった。そういう単純な事件かもしれません。奥村の財布が、なぜ高橋の部屋にあったのか、その問題は残りますが」

と、若月警部が、いった。

大手の新聞社で、七年前の殺人と、今回の事件の奇妙な関係を取り上げた社はなかった。渋温泉の事件は既に迷宮入りしていたし、高橋運転士と籾山里奈が暴漢に襲われた事件は知っていても、七年前の事件との関係には気づいていないのだろう。

それにもう一つ、川口真一郎は、若手政治家の中でスター的な存在で、現在四十八歳の若さで経産大臣である。次は、財務大臣か外務大臣、そして、いずれは総理大臣の椅子《いす》も狙える逸材である。その政界の星を、殺人事件の容疑で傷つけることはしたくないという、新聞記者たちの暗黙の了解があったとも思われる。それでなくとも、ここへ来て、政治家のスキャンダルが噴出している。いずれも若く、将来性のある政治家たちである。その若手の中のホープの川口真一郎までが、殺人事件に関係があるとなると、一層政界に希望が失われるというのである。

月が替わって、新聞にこんな見出しが載った。「川口経産大臣が掛け声　全国に路面電車を」というものだった。記事は短いものだったが、詳しくは、川口真一郎のブログに発表されていた。

「日本のみならず、世界中の大都市は、現在、環境に配慮した街作りを求められている。環境対策として、自転車通勤・通学が奨励されているが、それによって、交通渋滞が激しくなる面もある。

そこで、ここにきて見直されているのが、路面電車である。

かつて、多くの大都市には、路面電車が走っていた。

ヨーロッパでは、ドイツやフランスを始めとして、路面電車への回帰運動が始まっている。アメリカが、この運動に消極的なのは、自動車王国だからだろう。

新世代の路面電車は、正確にはＬＲＴ（Light Rail Transit）と呼ばれ、使用される電車は、以前の路面電車とは、大きく違っている。

一番の違いは、低床であることだ。今までの路面電車の場合は、道路上に、高さ三十センチ以上のプラットフォームを作る必要があった。このプラットフォームは、当然、交通渋滞の原因になる。

そこで新しい電車は、床を低くし、地面とほぼ同じ高さにしたので、道路上からでも乗れるようになった。

ほかにも、ＬＲＴの特長は、いくつもある。バスより大きな輸送力、そしてなにより電気で動くため、排ガスが出ない。決まったルートを走る安心感などである。しかも、何両でも連結することが出来る。

こうした利点もあって、ヨーロッパでは、このＬＲＴが走る町が多くなった。

日本でも、遅まきながら、富山、広島で、ＬＲＴが走るようになり、成功している。

私は、経産大臣として、このＬＲＴを、交通渋滞に悩む日本の都市でも、採用する方向に持って行こうと考えている。

もちろん、これは国交省と相談しながらということになるが、私としては、まず、LRTに関する日本的規制を、大幅に緩和していきたい。

第一は、長さの制限である。現在、一編成三十メートル以内という制限がある。馬鹿《ば》《か》らしいことに、ドイツ製の「グリーンムーバー」は、五両編成にすると、三十メートルをオーバーしてしまい、国交省の特認なしには走れない。これでは、輸送力に制限ができて、何両も連結できるという、LRTの利点をないがしろにすることになる。

もう一つは、速度規制である。広島では、市内は四十キロ。市外の専用軌道では六十キロになっているが、海外では、閑散区間は最高速度百キロである。

料金の支払いも、日本では車内で行ったりしているが、これを外国にならって、車内では現金を扱わずに、運転士は操縦に専念させたい。

架線は、邪魔な上に景観を損ねるので、架線をなくして、電力を線路から取るか、バッテリー運転にしたい。

以上、LRTの将来について、国民の意見を広く聞きたいと考えている。私のブログに、遠慮なく意見を寄せて頂きたい」

これがブログの内容だった。

（なぜ、川口真一郎は、突然、こんな意見を発表したのだろうか？）

と、十津川は、首をひねっていた。

第四章　過去を追う

1

高橋雄介と糀山里奈の連続殺人未遂事件は、七年前に長野県渋温泉で起きた殺人事件と、何らかの関係があるらしい。そこで、十津川は、亀井と二人で、長野へ再度向かった。前回は、事件の起きた所轄《しょかつ》の中野署で、話を聞いたが、今回は長野県警本部を訪ねた。

十津川は、県警本部長と面会し、

「広島と東京で起きた殺人未遂事件は、七年前に渋温泉で起きた事件と、何らかの関係があるのではないかと、われわれは考えています」

と、説明した。本部長は、すぐに、七年前の殺人事件を今も引き続き捜査している、島木《しまき》という警部を紹介してくれた。

十津川と亀井は、その島木警部から、七年前に起きた事件について、詳しく話を聞くことにした。

「今から七年前、八月の十二日に、渋温泉で事件が起きました。もうすでに、中野署の署長から話を聞かれたとのことですが、改めて経緯を説明します。渋温泉に、花村旅館という古い旅館があります。高橋雄介という、当時十八歳の高校三年生が、そこでアルバイトをしていました。高橋雄介から見ると、花村旅館の女将《おかみ》は、遠い親戚《しんせき》に当たります。夏休みの小遣い稼ぎでした」

「彼は現在、広電の運転士をしています」

「そのようですね。花村旅館には、今、経産大臣をしている川口真一郎が、八月十日から八月十五日までの予定で、東京から泊まりに来ていました。川口代議士には、運転手兼私設秘書の小野寺ゆみが同行していましたが、彼女はなかなかの美人で、当時、川口代議士との関係を、週刊誌などに書かれ、噂《うわさ》になっていました。それを気にしたためか、小野寺ゆみのほうは、花村旅館ではなく、その隣の水明荘という、別の旅館に泊まっていました」

「花村旅館の女将も、そういっていました」

「八月十二日朝、当時三十六歳の奥村不二夫という男が、花村旅館にやって来て、川口代議士に面会したことが分かっています。奥村は、東京で発行されている、『日本NOW』という政治新聞の記者でした。

その日は、渋温泉で花火大会があって、泊まり客や地元の人たちは、夜になると、近くの河原に集まっていました。その花火大会は、なかなかの盛り上がりをみせたのですが、翌朝、会場から少し離れた林の中で、奥村不二夫が、死体で発見されたのです。何者かに殴られ、首を絞められて死んでいたので、殺人事件と断定し、われわれ長野県警に捜査本部が置かれ、捜査が開始されたわけです。

当然のことながら、最初に、花村旅館で奥村不二夫が会った川口代議士に、疑いの目が向けられました。われわれが調べていくと、川口代議士の女性秘書小野寺ゆみが、花村旅館にアルバイトに来ていた高橋雄介を、犯行現場近くで見たと証言したのです。花火大会の夜に、奥村不二夫と一緒に、殺人現場と考えられる林の方向に歩いていくのを目撃した、というのです。

そこで、われわれは、高橋雄介を容疑者とみて、事情聴取をすることにしました。これが、七年前の八月十二日に、こちらで起きた殺人事件の発端です」

「なるほど。事件の流れは、よく分かりました。しかし、容疑者と見られた高校三年生の高橋雄介は、まもなく釈放されましたね？」

と、十津川が聞いた。

「そうです。高橋雄介は終始一貫して、殺害を否定しました。われわれは、高橋雄介が、金欲しさに奥村不二夫を近くの林に誘い出し、いきなり殴りつけた後に、首を絞めて殺し、金を奪ったのだろうと考えたのです。実際、彼がアルバイトの間、宿泊していた三畳間からは、奥村の財布が発見されています。中には、八万二千円の現金が入っていました。ところが、殺された奥村の上着のポケットには、封筒に入った百万円の束が残っていたのです。しかも、その封筒と財布は、同じポケットにあったことが分かりました。八万二千円入りの財布を盗んで、百万円を見逃すだろうか。完全に疑惑が晴れたとはいいがたいものの、それ以上の証拠も見つからなかったため、高橋雄介は釈放されました。その後も捜査を続けたのですが、新たな容疑者は見つかっていません。正直なところ、迷宮入り寸前といったところで、県警の刑事たちは、誰もが悔しがっています」

「確かに、所轄署の署長は、迷宮入りしたと断言していましたからね」

「そんなことまで、いっているのですか……。でも、そういわれても、反論はできないかもしれません」

と、島木警部が肩を落とした。

「その時、花村旅館にいた川口代議士は、七年後の今では、経産大臣の座についていますね。大臣となった川口さんは、日本全国の主要都市に、路面電車を走らせようとしています」

と、十津川がいうと、島木警部は小さく笑って、

「川口大臣は、次期首相の有力候補にもなっているほど、前途有望な政治家の一人ですが、それにしては、時々バカなことを発信して、顰蹙《ひんしゅく》を買っていますね。今回も、日本の都市には、交通渋滞の緩和のために、路面電車を積極的に導入するべきだと、主張しているそうじゃないですか。二、三年前までは、日本の自動車政策にとって、路面電車は邪魔な存在でしかない。だから、日本の都市の全《すべ》てから、路面電車を排除しなければ、日本の都市の交通事情はよくならないと、そんなことをいっていたはずですよ」

と、いった。

「川口大臣の選挙区は、広島だったね？」

と、十津川が、亀井に向かっていうと、亀井が、

「そうですよ。広島です」

と、いう。

そんな二人のやり取りを聞いていた島木警部は、

「年内に選挙が予定されていますから、川口さんも、それに備えて、いろいろな主張を口にしているのではないかと思いますね。何しろ、川口さんの選挙区である広島では、広島電鉄が路面電車で成功していますから、多分それに合わせて、日本の主要都市全部に路面電車を走らせろというようなことを、いい出したんじゃないかと思いますよ」

と、いった。

「七年前の殺人事件に、話を戻しましょう。殺された奥村不二夫という男については、その後、何か新しいことが分かっているんですか？」

と、十津川が聞いた。

「ちょっと待ってください」

と、いって、島木警部は、ポケットから手帳を取り出すと、ページを繰りながら、

「奥村不二夫は、新聞記者といえば、聞こえはいいのですが、簡単にいってしまえば、スキャンダルや不祥事を見つけてはネタにして、政治家にたかって小金を稼ぐ、いわばブラックジャーナリストの一人ですよ。ですから、七年前の八月十二日、渋温泉に川口代議士を訪ねてきたというのも、おそらく普通の取材などではなくて、何らかの裏取引を、川口大臣に頼みにきたのではないかと睨《にら》んでいます。そのために、百万円の現金が入った封筒を用意していたのではないかと、私は、そんなふうに考えています」

と、いった。

「IT企業の社長からの政治献金だった、という話もありましたね」

「そんな話もありましたが、正しいかどうかは分かりません。なにしろ奥村は、誰にも知られずに、陰で、いろいろな工作をしている男だったのです」

「しかし、川口大臣と、私設秘書の小野寺ゆみは、もちろん、こんな不良記者との関係は認めていないのでしょう？　奥村不二夫とは、ほとんど会ったこともなかったと、否定しているわけですよね？」

と、十津川が聞いた。

「その通りです」

「奥村と、どんな用事で会ったのか、川口代議士は、どう答えているんですか？」

「奥村不二夫が、なぜ代議士に面会を求めてきたのか、まず、それを確認しました。川口さんに、次の内閣改造で官房長官の席が用意されているという噂があるから、話を聞かせて欲しいと、奥村が渋温泉までやって来たので、追い返すわけにもいかずに、会うことにしたと言っていました」

「それで、川口大臣は、どんな話をしたといっているんですか？」

　と、亀井が聞いた。

「自分はその前にあった選挙で、確かに応援演説で、各地に入った。そのことを評価して貰《もら》っていることは嬉《うれ》しいが、官房長官という要職につくには、まだ経験が足りない。噂は聞いたことがあるけれど、きっと誰かが、おもしろおかしくいっているだけです——と、ほとんど雑談のような話を、二時間ほどしてから別れた。その後、彼がどうしたかは知らないと、川口さんは証言しています」

　と、島木が、手帳に目を落としていった。

「奥村不二夫が持っていた、百万円の現金が入った封筒について、川口さんは、何といっていましたか？」

　と、亀井が聞いた。

「警察から、そのことを聞くまで、奥村がそんなお金を持っていたことは、全く知らなかった。彼からそんな封筒を、見せられたこともない。川口代議士は、そう証言していました」

「私が聞いた話とは、やや違いますが……。とりあえず置いておきましょう。島木さんは、奥村不二夫が記者として働いていた『日本ＮＯＷ』でも、当然話を聞かれたんでしょう？」

と、十津川が聞いた。

「もちろん、社長から話を聞きましたよ」

「何といっていましたか？」

「社長は、竹田《たけだ》という男でしたが、事件の直後に、電話で話を聞いています」

「それで？」

「ところが、竹田社長の答えというのが、何とも曖昧《あいまい》で、はっきりとしないものでしてね。われわれの捜査には、ほとんど役に立ちませんでした」

島木警部が、首をすくめて見せた。

「どんなふうに、曖昧だったんですか？」

「長野県の渋温泉で死体になって発見された、奥村不二夫という記者は、おたくの社員ですね、と私がいうと、竹田社長は、実は奥村不二夫は、先月いっぱいで、うちの新聞社を退社していて、今は、うちの社員ではありません。ですから、奥村不二夫が、渋温泉で川口代議士と会い、そこで何かあったとしても、うちの会社とは、全く関係のないことです、というのです。奥村不二夫が持っていた百万円について聞くと、なぜ彼が、そんな大金を持っていたのか、私には何も分かりません。とにかく、奥村不二夫は、すでにうちの新聞社を辞めてしまっている人間ですから、関係もないし、何も知りません、という返事です。こちらが何を聞いても、知らない、関係ない、分からないという答えばかりで、全く参考になりませんでした」

と、島木が、いかにも不満そうな顔でいった。

「島木さんは、その竹田という社長の答えを、信じることができましたか？」

と、十津川が聞いた。

「正直にいいますと、半分半分といったところでしょうかね。奥村不二夫という記者は、すでに退社しているという竹田社長の話は、どうにも胡散臭《うさんくさ》いと思いました。もしかすると、竹田社長の指示で、奥村不二夫が渋温泉まで、川口代議士に会いに行ったということだって、十分に考えられるわけですからね。そこで殺人事件が起きて、奥村不二夫と残された百万円が問題になりかねないので、すでに退職していると、われわれに、いったのかもしれません」

「なるほど。奥村不二夫が竹田社長の命を受けて、川口代議士に会うために、渋温泉に行ったというのは、たしかに可能性がありますね」

と、十津川が、いった。

「奥村不二夫が持っていた百万円の札束については、その後、何か分かったんですか？」

と、亀井が聞いた。

「実はですね、それが一番の悩みのタネなのですよ」

「といいますと？」

「奥村不二夫が、どうして百万円の札束を持っていたのか、それを何に使おうとしていたのか、百万円の出所はどこだったのか、そういうことが何か一つでも分かれば、捜査は大きく前進すると思うのです。しかし、残念ながら何一つ分かりません。捜査の途中では、奥村の周辺から、ＩＴ企業の社長からの政治献金として、川口代議士に渡そうとしていたという話が浮上したのですが、その後、確認していくと、そのＩＴ企業の社長は、そんな金は知らないというのです。もちろん、その社長が惚《とぼ》けているのかもしれませんが、とにかく、われわれにとって、百万円の札束が悩みのタネなのです」

渋面の島木警部が、同じことを繰り返した。

「花村旅館の関係者、例えば旅館の経営者は、七年前の事件について、どんなふうに証言しているんですか？」

十津川が聞いた。

「花村旅館の女将さんは、あの時、高橋雄介がアルバイトをしていたのは、学校が夏休みだったので、たまたま手伝いに来ていたのであって、いつもここにいるというわけではない、といっています。それに高橋雄介は、事件当時、高校三年生で、まだ十八歳だった。そんな人生経験も少ない若者が、奥村不二夫のような、政界を相手に生きてきた海千山千の政治記者を、騙《だま》して連れ出して、殺したりできるはずがない。高橋雄介は、ちょっと手が早く出るところはあるが、まじめな子だ。だから、最初から最後まで、高橋雄介は無実だと信じていたし、証拠不十分で釈放されたのも当然だと、花村旅館の女将さんは証言しています。付言すると、今まで花村旅館が、何か事件や問題を起こしたことは、一度もありません」

「川口代議士は、なぜ花村旅館に泊まりに来ていたんですか？　こちらもたまたまですか？　それとも以前にも、この旅館に来たことがあったんでしょうか？」

「七年前のあの時は、ちょうど選挙が終わったところで、その疲れを癒《いや》すために、温泉にでも入って、ゆっくりしようと思って、東京から渋温泉に行った。前々から、疲れたりすると、いつも温泉に行って、リフレッシュしていた。渋温泉は、いつか行きたいと思っていたし、自分はホテルよりも、小さく古い旅館が好きなので、花村旅館を選んだ。だから、自分としては何か特別なことをしたというわけではなく、ごく当たり前の休暇をとっていただけだと、川口代議士は証言しています」

島木警部が話すと、十津川が苦笑しながら、

「今、島木さんのお話を、いろいろとお聞きしていると、川口代議士も、『日本NOW』の竹田社長もそうですが、事件に関わっている全員が、当たり障《さわ》りのない証言をしているような、そんな感じがしますね。その当たり障りのなさが、かえって気になります。何か裏があるような気がしますが」

と、いった。

「そうなんですよ。その点については、私も、十津川警部と全く同じ思いです。十津川警部がおっしゃったように、川口代議士も竹田社長も、それから川口代議士の私設秘書の小野寺ゆみも、われわれの質問に対して、嘘《うそ》をついているとまでは思いませんが、本当のことを包み隠さず、しゃべっているとも思えないのです。こちらにしてみ

れば、彼らの証言は、あまり信用できないということなのです。しかし、われわれのほうも、それに対して、反論できるような証拠や情報を持っていません。私には、それが口惜《くや》しくて仕方がないのです。彼らが何か大事なことを隠しているような、そんな気がしています」

と、島木警部が、いった。

「念のために、もう一度だけ、事件の流れを確認させていただきたいのですが」

と、亀井が、遠慮がちにいった。

「川口代議士は、私設秘書の小野寺ゆみと一緒に、八月十日から十五日まで、プライベートで渋温泉の花村旅館と、隣の水明荘に泊まっていたわけですね？」

「そうです」

「そして、十二日の夜に、渋温泉で花火大会があって、その翌朝、川口大臣を訪ねてきていた、奥村不二夫という三十六歳の政治新聞の記者が、死体になって発見された。その後、小野寺ゆみの証言によって、十八歳の高橋雄介という高校三年生の少年が、容疑者として浮上した。しかし、証拠不十分で釈放され、その後、現在に至るまで、新しい容疑者は一人も見つかっていない。そういうことで、いいわけですね？」

「そうです。事件を解決出来ず、恥ずかしい限りですが、その通りで間違いありません」

「もう一つ、川口代議士が花村旅館に滞在している間に、殺された奥村不二夫以外に、川口代議士を訪ねてきた人は、誰もいなかったんでしょうか？」

と、十津川が聞いた。

「もし、そういう人間がいたら、容疑者になるかもしれないと思って、われわれも時間をかけて、徹底的に調べてみました。しかし、川口さんを訪ねてきた人間は、奥村不二夫以外には、誰もいなかったようです。私の質問に対して、川口さんも、今回の渋温泉への旅行は、全くのプライベートなものだったので、自分が渋温泉に来ていて、花村旅館に泊まっていることは、ほとんどの人が知らないことだった。だから、奥村不二夫以外には、誰も訪ねてこなかった、といっていました」

島木警部が、いった。

「七年前の事件があった時、川口代議士も秘書の小野寺ゆみも、携帯電話を持っていましたか？」

と、十津川が聞いた。

「もちろん七年前にも、川口さんも私設秘書の小野寺ゆみも、それぞれ自分専用の携帯電話を持っていました。ですから、二人が携帯電話で、外の誰かと連絡をとったことはあったかもしれませんね。ただし、二人が、どこの誰に、何回電話をかけたのか、そこまでは分かりません。彼らが、事前に電話で示し合わせておいて、誰かに会った可能性も否定できませんが、可能性以上のことは、今に至るまで、何も分かっていません」

と、島木警部が、いった。

「事件の後ですが、川口代議士、あるいは小野寺ゆみが、渋温泉の花村旅館を訪ねてきたとか、泊まりに来た、というようなことはあるんでしょうか？　もちろん、二人一緒でなくても、それぞれが個別に来たということも含めてです」

と、十津川が聞いた。

「その点ですが、二年前の六月十日に、二人揃《そろ》って花村旅館に来たことが、のちの調査で分かっています。花村旅館の女将さんの証言によると、二人は、今回もプライベートの旅行だといっていたそうで。ただ、前回は別々の旅館に泊まったのに、今回は、一緒に花村旅館で三泊してから、東京に帰っていったそうです。花村旅館の宿泊者名簿にも、はっきりと、二人の名前が書いてありました。もっとも、部屋は別々にとったという形になっていますが、実際のところは、二人以外には分かりませんね。もちろん、この際に、花村旅館でも、渋温泉全体でも、事件は起きていません」

「二年前の六月十日というと、何かタイミングがあったのでしょうか？」

「ちょうど内閣改造の時でした。三日後の六月十三日に役職が決まるので、川口さんは、打診が来ると、急いで東京に帰ったはずです。われわれがこの投宿のことを知り、改めて話を聞きに行くと、東京にいたのでは、冷静でいられないから、静かな渋温泉に来たとおっしゃっていました」

と、島木が、いう。

「この時、川口さんは、経産大臣に就任したんでしたね？」

「そうです。七年前に渋温泉に来られた時は、まだ無役でした。選挙で多大な功労があったにもかかわらず、その後、五年間近く、不遇の時代を過ごしています。私は、七年前の殺人事件が、彼の経歴に影を落としたのではないかと思いましたね」

「その頃の川口代議士の噂は、何となく記憶に残っていますよ」

十津川は、記憶をたどるように、まばたきした。

十津川が初めて、その名前を知った頃の川口代議士は、頭は切れるが、次世代のホープとして、もてはやされるほどの大衆的人気には欠ける感じだった。

その理由の一つは、金の問題だった。政治に金は付きものだが、問題はきれいに使うかどうか、きれいに見えるように使うかどうかだろう。川口代議士には、いつも黒い空気が、つきまとっている。

七年前、入閣間違いなしといわれながら、結局無役に終わったのも、金の問題がからんでいるのではないかといわれていた。政治家一家の出身とはいっても、両親ともに政治に金を使い、資産らしい資産は残っていないと見られている。筋の悪い人脈や、しがらみを抱えていると、報じられたこともあった。閣僚となるための身体検査にひっかかったとする報道も出たが、本当かどうかは分からない。

その後の五年間は、川口本人にいわせれば、臥薪嘗胆《がしんしょうたん》の雌伏の時代である。大臣にもなれず、党の役職にもついていない。

しかし、その間に少しずつ人気を高め、応援してくれる同志を集めていったのだろう。

五年後、今から見れば二年前の六月の内閣改造で、経産大臣になった。

新聞は、驚きの人事と書いた。政界を退いた大物政治家の中には、「どこかで金を集め、それをバラまいたのさ」という者もいたが、真相は不明である。

とにかく、その時、経産大臣になり、今後の活躍次第では、総理の座も夢ではないというところに来ているのだ。

「しかし、いろいろと噂のある政治家ですね」

と、島木が、いった。

「島木さんは、七年間ずっと、奥村不二夫の事件を追っていたわけでしょう」

「その通りです」

「その際は、やはり、川口代議士も調べているわけでしょう？」

「相手が政治家ということで、多少の遠慮はありますが、何といっても、七年前の殺人事件の関係者ですから」

と、島木が、いう。

「しかし、今となっては、川口大臣を、いちいち呼び出すわけにもいかないでしょう？」

と、亀井が聞いた。

島木は笑って、

「そんなことは出来ません」

「じゃあ、どうされたんですか？」

「二つの方法を取りました。一つは、本人の代りに、私設秘書の小野寺ゆみに話を聞くというやり方です。彼女は七年以上、川口さんの私設秘書をしていますから、誰よりも、彼のことをよく知っています。彼女が忙しい時は会えませんが、電話で話を聞いています」

「しかし、川口代議士は政界で長いわけですから、秘書は何人もいたんじゃありませんか？　それでも、小野寺ゆみに、話を聞かなくてはならないんですか？」

「確かに大臣には、公設、私設を含め、十人近い秘書がいますが、なぜか長続きする人がいないんです。その点、小野寺ゆみは、七年以上、秘書を務めているわけです。それに、公設秘書よりも、私設秘書の小野寺ゆみの方が、川口代議士のプライバシーに詳しいと思いましてね」

「もう一つの方法は、どんなことですか？」

と、十津川が聞いた。

「これは少しばかり、迂遠《うえん》な方法です。相手が政治家で、直接調べるのが大変ですから、とにかく参考にしようと、川口真一郎に関する新聞記事、雑誌記事、それに講演など、目につき、耳にするものは、全て集めました」

島木警部は、バッグの中から、ボイスレコーダーとスクラップブックを取り出した。

ボイスレコーダーには、川口代議士が街頭演説や講演会で喋《しゃべ》ったことまで、録音されていた。

五冊のスクラップブックには、川口代議士に触れた新聞や雑誌の記事が、無数に切り抜かれ、整然と貼《は》ってあった。

「たいした数ですね」

と、十津川は感心した。

「しかし、七年前の殺人事件と結びつくような記事やニュースには、なかなかぶつかりません」

「しかし、この二つの収集は、これからも続けられるつもりなんでしょう？」

「そのつもりです。そのうちに、今まで無意味に思えた記事が、突然、七年前の事件と結びつくんじゃないかと、期待しているわけです」

と、島木は、いった。

「川口代議士のことは、少しずつわかってきていますが、小野寺ゆみのことは、よくわからないのです」

と、十津川は続けて、

「島木さんから見て、彼女は、どんな女性ですか？」

「小野寺ゆみも、政治家の家に生れています。といっても、川口代議士よりはスケールがだいぶ小さく、父親は三原市の市会議員でした。やがて市会議長にまでなりましたが、汚職の疑いをかけられて、五十二歳で自殺しています。この時、ゆみは東京の大学生でした。後継ぎがいなかったので、周囲からは、ゆみが、亡くなった父親の後を継いで、三原市の市会議員になることを期待されました。しかし、彼女は、三原市に帰ることなく、アメリカへ留学。帰国後、川口代議士の私設秘書になったのです。その方が、早く政治家になれると思ったのか、それとも、地方政治家になるよりも、国政にかかわりたいと思ってのことかは、分かりません」

「それにしても、川口代議士の秘書になって、七年以上、経《た》つわけでしょう。今は、どうしようと思っているのでしょうね？」

と、十津川が聞いた。

「それはちょっと分かりませんね。こちらが質問しても、ほとんど何も答えてくれませんから。ただ、ある雑誌が『有名政治家秘書の初夢』という特集をしたことがあって、そこに小野寺ゆみの名前が出ていたんです」

島木は、スクラップブックの五冊目のページを開けて、十津川に見せた。

そこには、「有名政治家秘書の初夢」が並んでいて、小野寺ゆみの名前もあった。

そして、そこには、

「川口先生を総理大臣にする」

と、あった。

「これは、本音ですかね？」

と、十津川が聞いた。

「七年以上も、川口代議士の秘書をやっていますから、自分自身の将来はどうであれ、川口代議士を総理大臣にしたいという願いは、嘘じゃないと思いますね」

と、島木は、いった。

「もう一つ知りたいのは、川口代議士と小野寺ゆみとの関係です。単なる政治家と私設秘書の関係でしょうか？　それとも、男と女の関係でしょうか？」

これは、亀井が聞いた。

「そうですねえ」

と、島木は首をかしげて、

「七年前には、誤解されては困るということで、二人は、渋温泉でも、別の旅館に泊まっています。しかし、二年前に来た時は、同じ花村旅館に泊まっています。そこからすると、二人は男女の仲だと見て、いいんじゃないかと思いますね」

と、いった。

「それは、二年前から深い仲になったということですか？　それとも七年前から、そういう関係だっただろうということですか？」

十津川が聞く。

「他の秘書がなかなか居着かない中、七年間も、一緒にやって来ているんですから、ずっと男と女の関係があったと思いますね。その方が自然でしょう」

と、島木は、笑顔でいった。

「そう考えると、七年前の彼女の証言も、単なる第三者の目撃証言とは、いえなくなりますね？」

と、亀井が、いう。

「七年前の事件では、その証言が重い意味を持ち、高校三年生が殺人事件の容疑者になっているわけですから、当の小野寺ゆみには、何回も確認しましたよ」

「結果は、どうでした？」

「最初は、殺された奥村不二夫と高橋雄介が、連れだって林の方向に歩いて行くのを見たと、はっきりと証言していました。それが、質問の度に曖昧になってきて、最後には、人違いだったかも知れないというようになりました」

「高橋雄介のアリバイも、当然、調べたわけでしょう？」

「もちろん、調べました。が、これが、はっきりしないのです。この日、花火大会があって、渋温泉の宿泊客の多くは、夜になって、河原に招待されていました。アルバイトの高橋雄介は、もちろん招待されていなかったのですが、女将さんに勧められて、みんなから離れた場所で、ひとりで見ていたというのです。だから、アリバイは、ないに等しかった。そのために、どうしても小野寺ゆみの証言を、重く見てしまったのです。それでも、途中から、川口代議士を守るために嘘をついているのではないか、との印象を抱くようになりました」

と、島木は、いった。

「そうなると、逆に、川口代議士の嫌疑が濃くなってきますね？」

「そうなんですが、相手は、将来の首相候補ですからね。こわごわ調べていますよ」

と、島木は笑う。

「しかし、その場合も、川口代議士が、直接手を下したとは考えられませんね？」

「私も、そう思います」

「動機は、奥村不二夫が持っていた百万円ですか？」

「そう考えるのが自然だと思うのですが、川口代議士は貰っていないし、奥村不二夫の会社の社長も、何も知らないといっています。百万円が、どんな金だったのか、いまだに分からずです。これが分からないと、奥村不二夫殺害の動機にたどりつけません」

「奥村不二夫が、どんな男だったのかは、当然調べたんでしょうね？」

「もちろん、調べました」

「どんな人間ですか？」

「死亡時、三十六歳、独身。地方の県立大学を中退。右翼的新聞社に入社。政治家になる野心を持っていたが、実力が伴わず、むしろ政治家の使い走りに甘んじていた。この程度に簡単に紹介できる男です」

「それでも、犯人にしてみれば、殺す理由があったことになりますが」

「百万円が、殺しの動機だったかも知れません」

「しかし、犯人は、その百万円を奪っていません」

「それにしても、百万円という金額が、微妙ですね」

と、亀井が、いった。

「そうなんです。だから、なおさら悩んでしまいます」

島木は、眉根《まゆね》を寄せて、続けた。

「政治の世界というか、政界の裏通りのことに詳しい人に会って、聞いてみました。

百万円という金額についてです。そうしたら、こういわれました。大きな仕事を頼む時の手付金としては、適当な金額だろうと」

「手付金、ですか」

「単純にその考えを押し進めると、奥村は誰かの使いで、手付金を川口代議士に渡そうと、渋温泉にやってきたことになります」

「しかし、その時、川口代議士は入閣が噂されていても、まだ無役ですよね。そんな政治家に、誰が何を頼みに、奥村を使いにやったんですかね？」

「そうですが、川口代議士は現在、経産大臣となり、総理大臣の椅子《いす》さえ狙《ねら》えるところにいます。七年前も、彼には潜在力があり、それを利用しようという人間がいて、接近しようとしていたことは、十分に考えられます」

「それらしい人物が浮んできましたか？」

「それが、政治の世界は、魑魅魍魎《ちみもうりょう》が跋扈《ばっこ》していてわかりません」

と、島木が笑ったが、ふと真顔になった。

「ささいなことなのですが、広島の事件が起こってみると、気になって仕方ないことがあるんです」

「広島の事件というと、高橋雄介の関係ですか？」

十津川が聞くと、島木が、うなずいた。

「高橋雄介のアリバイを尋ねていた時のことです。彼も、女将さんの許可をもらって、花火大会を観《み》に、河原へ行っていました。そこで、殺された奥村不二夫らしい男を見かけた、といっていたんです」

「そのとき、奥村は一人だったのでしょうか？」

「誰か知らない男と話していた、といっています。高橋雄介が、自分とあまり変わらない年齢に見えたといっていますから、相手の男は、川口代議士とは考えられません。人相もはっきりしませんし、第一、その男が事件と関係あるかどうかも、分からないのです。ただ、花火大会で、被害者と隣り合っただけの男かもしれません。高橋雄介のアリバイを証明できる話でもありませんから、当時は、それ以上、追及はしませんでした。多分、彼も今となっては、忘れているかもしれません。しかし、広島で彼が襲われる事件が起きてみると、この話が気になってならないのです」

2

その日、十津川たちは、花村旅館に泊まることにした。

夕食の時、女将の敏江があいさつに来てくれたので、十津川は、改めて七年前のことを聞くことにした。

「殺人事件に、うちが巻き込まれるなんて、初めての経験でしたから、あの事件は忘れられません」

と、女将さんが、いう。

「あの時、川口代議士が泊まっていたんですね。女性秘書は、隣の別の旅館に泊まった」

「そうなんですよ。そんなに気を使わなくても、よろしいのにね。私どもが、誰かに告げ口するはずもないんですから」

「八月十二日に、奥村不二夫が川口代議士を訪ねてきて、翌朝、死体で発見されたんですね。その時のことで、何か思い出すことはありませんか？」

「そういえば、奥村さんと会った後、川口先生は、アポも取らずに、いきなり押しかけてきて、けしからん奴《やつ》だと、怒っていらっしゃいました」

「奥村の方は、どうでした？」

「チェックインを済ませて、花火大会に出かけてからは、私は見ていないんです。うちにおいでになった時は、にこにこ笑っていらっしゃいました。川口先生が、けしからん奴だとおっしゃったので、何があったのかと不思議でしたね」

「そのあと、二年前の六月にも、川口代議士と女性秘書が、こちらに来ていますね。この時は、五年間の不遇のあと、入閣目前でしたが、どういった様子でしたか？」

「そうですねえ。七年前の時は、選挙で疲れておられましたが、一方で、きっと論功行賞で何か役職を貰えるに違いないと、期待で昂《たか》ぶっているご様子でした。二年前は、やたらに電話がかかってきていましたね。私が、大変ですねと申し上げたら、先生は、これがうるさくて逃げて来たんだと笑っていらっしゃいました。七年前に比べると、余裕と自信が感じられました。もちろん、先生も秘書の方も、電話口では、ここにいることは、おっしゃいませんでした」

「そのときは、ここに会いに来た人はいましたか？」

と、十津川が聞いた。

「ここまで会いに来た方はいません。ただ、朝食のあと、毎日、お二人で外出なさっていたので、外で誰かと会っていらっしゃったかどうかまでは、分かりませんけど」

と、女将さんが、いった。

「七年前にアルバイトに来ていた高橋雄介君が、今、広島で路面電車の運転士になっているのは、ご存知ですね？」

「ええ。もちろん、知っていますよ。年賀状に書いてありましたから」

「なぜ、路面電車の運転士になったんですかね。昔からの希望だったんですか？」

「さあ。私の知る限り、彼の夢は、新幹線の運転士だったんですけどねえ」

「七年前に、ここにアルバイトに来た時は、高校三年生でしたね。その時は、新幹線の運転士が希望だったのに、どうして路面電車に変ったんですか？」

十津川が、くどく質問したのは、広島で事件が起きていたからである。

「私にも分かりませんが、雄介の両親の話では、七年前に、うちから帰ったら、急に路面電車のことを、いい出したそうです。これからの日本の都市交通は、路面電車が主力になるといって、新幹線はどうなったのかと、両親は不思議がっていたみたいです」

「なるほど。広島電鉄に就職したのは、どうしてですかね？」

「それは、広島が、日本で一番、路面電車が盛んだからでしょう。雄介も、そんなことをいっていましたから」

と、女将が、いった。

「他に、彼が広島に行く理由はありませんか？」

十津川が同じ質問を繰り返したのは、川口真一郎が、広島を選挙区にしていたからだ。

「それはないと思います。広島に行ったのは、あくまで路面電車のためだったと思いますよ」

と、女将は、いった。

「どうぞ、ごゆっくり」

と会釈《えしやく》して、女将が下がっていくと、十津川は、亀井を見て、いった。

「私は、話が逆なんじゃないかと思っているんだ」

「話が逆、ですか」

「高橋雄介は、路面電車に興味を持って、広島に行ったのではなく、広島に関心があったから、路面電車の運転士になりたいと思った。私は、そう考えているんだ」

「なぜ、高橋雄介は、広島に関心を持ったのでしょう？」

「川口真一郎の選挙区は、広島だからね。この渋温泉の事件で、高橋雄介は、川口真一郎と秘書の小野寺ゆみに、いつか仕返しをしたいという感情を持った。それが、彼を広島に向かわせたのではないか。私には、そう思えてならないんだ」

と、いうと、十津川は、すっかり冷めてしまった夕食を、口に運んだ。

3

翌朝、十津川は、もう一度、島木警部に会ってから帰京しようと、支度をしていた。

すると、長野県警本部から、電話がかかってきた。

若い刑事の声で、

「こちらで事件が起きまして、十津川警部に、ご報告があります」

と、いう。

十津川は、嫌な予感に襲われた。こんな電話をかけてくること自体、異常なことだ。

それに、長野県警から電話が来るとしたら、昨日会った島木警部が、かけてくるはずだった。

十津川が黙ってしまったので、相手は、

「聞こえますか？」

と、確認した。思わず、

「島木さんに、何かあったんですか？」

と、十津川の方から聞いてしまった。

「島木警部が、亡《な》くなりました」

「――――」

「聞こえていますか？」

「どうして島木さんが死んだんですか？　まさか、殺された？」

「先ほど、殺人事件として、捜査することが決まりました」

若い刑事は、切り口上でいった。緊張しているのだろう。

「これから、そちらに行って、詳しいことをお聞きしたいのですが、構いませんか？」

と、十津川が聞いた。

すると、電話の相手が代って、

「島木警部と一緒に、七年前の事件の捜査に携わっていた、阿部《あべ》といいます。私も、十津川さんにお会いしたいと思います」

と、いった。

十津川は、亀井と県警本部に急いだ。

本部の前で、電話に出た阿部警部が待っていてくれた。三十代に見える、若い警部である。

「直ちに、現場にご案内します」

すぐにパトカーで、現場に連れて行かれた。

県警本部から、車で二十分ほどの距離にあるマンションだった。

マンションの前には、パトカーや鑑識の車、救急車が並んでいた。

このマンションの五階が、島木警部の自宅だった。

部屋に入ろうとしていると、中から担架で、遺体が運ばれてきた。

「これから、司法解剖のため、大学病院に運びます」

と、担架をかついだ若い刑事の一人が、阿部にいった。

遺体は布で覆《おお》われていたが、若い刑事が、布を取って見せた。十津川たちは、阿部と同時に、遺体をのぞき込んだ。

あとから出て来た刑事が、

「これから検視だから、詳しいことはわからないが、見たところ、背後から三カ所刺されていた。その中の一カ所は、肺にまで達していたようだ」

と、阿部に、いった。

遺体は車に乗せられ、十津川の視界から消えていった。

十津川は、呆然《ぼうぜん》と見送るしかなかった。

第五章　親衛隊の死

1

十津川は、全《すべ》ては、七年前の八月十二日から始まったと考えた。

この日、長野県の渋温泉で、事件が起きた。高校三年生だった高橋雄介は、当地に、夏休みのアルバイトに来ていた。遠縁の親戚《しんせき》が営む、花村旅館の手伝いである。その花村旅館には、事件二日前の八月十日から、政治家の川口真一郎が泊まっていた。彼の私設秘書、小野寺ゆみも、川口と一緒に来ていたが、噂《うわさ》になることを恐れて、隣の別の旅館に泊まっていた。

その川口真一郎のところに、右翼系の新聞『日本NOW』の記者、奥村不二夫が訪ねてきたことから、事件は起きた。

八月十二日の夜には、旅館の近くで花火大会があり、近隣の住民も観光客も、こぞって出かけている。花火大会は盛況のうちに終わった。

　その翌朝早く、花村旅館近くの林の中で、奥村不二夫が、遺体となって発見された。最初は、物盗《ものと》りの犯行ではないかと疑われた。奥村が持っていたはずの、財布がなくなっていたのである。

しかし、物盗りにしては、奇妙な点もあった。殺された奥村不二夫の上着のポケットには、封筒に入った百万円が残っていたのだ。この事実を前に、物盗りではなく、怨恨《えんこん》か、あるいは何か政治がらみの犯行ではないかと考えられた。

そこで、警察は川口真一郎に、奥村不二夫が何の用で訪ねてきたのかを聞いた。

川口真一郎は、奥村不二夫が、とにかく会いたいといって、アポイントも取らずに、東京から渋温泉まで訪ねてきたことを認めた。次の内閣改造で、官房長官の席が用意されているという噂が立っていて、その確認だったと、川口は語っている。しかし、肝心の百万円のことは、警察に聞かされるまで知らなかったと証言した。結局、封筒に入った百万円は、いったい何のためのものだったのか、今に至るまで、はっきりしていない。

警察が、『日本NOW』の竹田社長に話を聞くと、すでに奥村不二夫は退職していて、何の関係もないし、何も分からないと迷惑がった。

そして七年が経《た》ち、今度は、渋温泉から遠く離れた広島で、事件が発生したのである。登場人物は、またしても、高橋雄介、川口真一郎、小野寺ゆみと考えられる。

十津川は、七年前の事件の問題点を洗い出し、徹底的に調べ続けている。

第一の問題は、もちろん奥村不二夫が、なぜ、誰に殺されたか、ということである。

事件当初、花村旅館にアルバイトに来ていた高橋雄介が、容疑者として浮上した。川口代議士の私設秘書、小野寺ゆみが、奥村不二夫と高橋雄介が、現場の林の方に向って歩いていくのを目撃した、と証言したからである。それを裏付けるかのように、高橋雄介がアルバイト中、宿泊していた三畳間から、奥村不二夫の財布が発見された。

しかし、依然として百万円が、なぜ現場に残されていたのかという謎《なぞ》が残り、高橋雄介への尋問は進まなかった。

小野寺ゆみの証言も、次第にあやふやになり、もしかすると見間違えたかもしれないと、事実上、証言を翻《ひるがえ》した。

そこで、第二の問題は、殺された奥村不二夫が、何のために、渋温泉に川口真一郎代議士を訪ねて来たかということである。経産大臣となった川口真一郎は、今に至っても、奥村不二夫は政界に流れる噂を取材するため、自分を訪ねてきた。二時間ほど取材に応じたが、その後は知らないと、そういう証言を繰り返している。

しかし、百万円の入った封筒を持って、ただの噂の取材のために、わざわざ東京から長野県の渋温泉に、政治家を訪ねて来るはずがない。当初、県警の捜査には、百万円のことは見ても聞いてもいないと言い張っていた川口だが、十津川の質問に対しては、そんな金で、自分の将来を買われては困るといって、受取りを拒否したと答えている。

次に十津川が注目したのは、事件後の川口代議士の動きである。その時、川口代議士は、政治家としては、まだ若手だったが、将来性を買われて、いつかは幹事長になり、保守党の総裁になるだろうと思われていた。総裁になるということは、つまり、その時、保守党が現在の勢力を保っていれば、日本の総理大臣になるということである。

しかし、十津川が調べてみると、七年前の事件の後、なぜか川口真一郎は、五年もの間、政治家として要職に就くこともなく、冷や飯を食わされている。それまで若手の有望株と思われ、二、三年のうちには、間違いなく大臣になるだろうと、政界の誰もが思っていたのに、なぜか五年間、副大臣の椅子《いす》すら与えられず、保守党の中枢《ちゅうすう》からも遠ざけられていた。全くの無役だったのだ。

まず、十津川は、その理由を調べることにした。こんな時、一番の味方で頼りになるのは、大学時代の同窓生で、現在、中央新聞の記者をやっている、友人の田島《たじま》だ。政界や財界に首を突っ込んで、特ダネをつかむことで有名な記者である。

十津川は、いつものように、田島を夕食に誘った。田島のほうも心得ていて、十津川の行きつけの、新宿の天ぷら屋の個室で会うと、笑って、

「今日は、いったい何が知りたいんだ？」

と、聞く。

「川口大臣のことを聞きたい」

と、十津川が、いった。

「川口大臣というと、川口真一郎のことだな？」

「そうだ。七年前、川口大臣は、何かと噂になっていた、私設秘書の小野寺ゆみを連れて、長野県の渋温泉に泊まっている。その時、ちょっとした事件があった。川口代議士を訪ねてきた、奥村不二夫という右翼系の新聞社の記者が、近くの林の中で、死

体で発見されているんだ。川口代議士は、二時間ほど雑談に応じた後、追い払ったと証言している。ところが、奥村の上着のポケットには、百万円の束が入った封筒が残されていたんだ。

川口代議士は将来有望な政治家で、すぐにでも大臣になるだろうと思われていたのに、なぜか、この時から五年間、党内で冷遇されてきた。川口代議士が、なぜ五年間も、そんな扱いを受けていたのか、その理由が知りたいんだ。それと、奥村が持っていた百万円と、何か関係があるのかどうか。こちらでいくら調べても、その点は全く分からないのでね。殺人事件の捜査なら、お手の物なんだが、政界となると、さっぱりだ」

と、十津川が、いうと、

「その話は、高くつくぞ」

と、田島が脅かした。今度は、十津川が笑って、

「ポケットマネーなら、かなりの金額を持ってきているから、君が、私の知りたい情報を教えてくれるというのなら、高く買うよ」

と、返した。

その後、天ぷらを食べながら、しばらく黙っていた田島が、いった。

「今から七年前、川口真一郎は、将来有望な若手の代議士として、保守党の中の、さまざまな派閥から声をかけられていた。うまく立ち回れば、すぐにでも大臣から幹事長、そして今頃は、保守党の総裁にもなっていたかもしれない」

「どうして、派閥から誘われたのに、動かなかったんだ？」

と、十津川が聞く。

「この時、保守党の総理総裁は相川《あいかわ》総理、そして、党内の最大の派閥は、相川総理の出身派閥だった。その相川総裁が、将来、自分の跡を継ぐべき人間として、当時どこの派閥にも属していなかった、川口真一郎に目をつけたんだ。そこで、自分の派閥に入るように勧めたいと考えたのだが、自分が動くのはまずいので、右翼系新聞の記者をしていた奥村不二夫に、使いを頼んだ。その挨拶《あいさつ》代わりに、封筒に入れた百万円を持たせたんだろう」

「では、あの日、奥村が渋温泉に来たのは、川口代議士を勧誘するためだったというのか。しかし、その奥村不二夫は、近くの林の中で殺されていた。しかも、封筒に入った百万円は、上着のポケットに入ったままになっていた。ということは、最大派閥の長である総裁に誘われながら、川口真一郎は、その誘いを断った。つまり、そういうことになるんだな？」

「ああ、その通りだ」

「どうして、そんなおいしい話を、川口真一郎は断ったんだ？」

「実はその時、相川総理に、大きなスキャンダルが持ち上がっていたんだ」

「どんなスキャンダルだ？」

「相川総理は、二年前、政界を引退しているから、今なら話しても構わないと思うのだが、その頃、相川総理は、コネのある友人に、さまざまな便宜を与えていたんだ。その友人は、金融界の異端児といわれていた人物だ。相川総理は、さまざまな便宜を与え、時には自ら掛け合って、金融界で、その友人にとって有利に働くように、計っていたといわれている。もし、このことが明らかになれば、大きな問題になって、間違いなく相川総理は失脚する。川口真一郎も、相川総理の、そのスキャンダルのことを知っていたんだろうね。相川総理の派閥に入った途端に、このスキャンダルが公《おおやけ》になるようなことがあれば、派閥に入ることが、自分にとって、大きなマイナスになるかもしれない。そう考えて、川口真一郎は、七年前の八月十二日に、相川総理の使いとしてやって来た、奥村の申し出を断ったんだ。

その時、若い川口真一郎は、つい相川総理のスキャンダルを、口にしたんじゃないかな。殺される前の奥村から、それを聞いた相川総理は激怒した。つまり、保守党の最大派閥を、川口真一郎は敵に回してしまったんだ。その後、相川総理のスキャンダルが公になっていたら、川口代議士には先見の明があると賞賛され、保守党で、優位な役職に就くことができたと思う。しかし、幸か不幸か、相川総理のスキャンダルは、公にならなかった。それで、相川総理の怒りを買った川口真一郎は、五年間も、冷や飯を食うことになってしまった。二年前に相川が政界を引退したので、新しい総裁が選ばれて、今、保守党の中も、少しばかり変革があったりして、川口真一郎も、やっと日の目を見るようになったんだ」

「しかし、それなら、どうして七年前に相川総理に頼まれて、川口真一郎に会いに来た、奥村不二夫が殺されてしまったんだろう？　ただ派閥への勧誘を断っただけで、使いの奥村不二夫が殺されたというのは、何ともおかしいんじゃないか？」

と、十津川が、いった。

「これは、俺の単なる想像にすぎないんだが、たぶん奥村不二夫は、彼自身、政界に出る野心を抱いていたんじゃないかな？　だが、自分には、こんなおいしい話は回ってこない。それなのに、それを拒むなんて、この男はいったい何なんだ？　そう思って、無性に腹を立てたんじゃないかな？　だから、これから相川総理に報告するが、その時には、あんたの悪口を思いっきり話してやる。そうしたら、あんたは、もう保守党には、いられなくなるぞと、そんな風に、川口真一郎を脅かしたんじゃないだろうか？　俺は、そう思っているんだ。そのために、奥村不二夫は殺されてしまったんだ」

「とすると、奥村不二夫を殺した犯人は、川口真一郎ということになるのか？」

と、十津川が聞いた。

「それは分からない。あくまで、想像に想像を重ねたに過ぎないんだから。彼の私設秘書の小野寺ゆみが犯人かもしれないし、彼女が、自分の知り合いを使って、奥村不二夫を殺させたのかもしれない」

「君の推理では、奥村不二夫は、口封じのために殺されたということになるな」

「そういうことだ」

「そうなると、川口真一郎は、どうして五年間も、冷や飯を食うことになったんだ？　奥村不二夫は、東京に戻って、相川総理に報告する前に殺されたことになる」

「携帯電話があるよ。たぶん、川口真一郎が誘いを断った直後に、奥村不二夫は携帯電話を使って、相川総理に、川口真一郎が申し出を断ったことを告げ、その後、あることないこと、川口真一郎の悪口を並べ立てたんじゃないかな。例えば、相川総理のスキャンダルを、新聞記者に触れ回っているとかなんとか。それで相川総理が激怒して、川口真一郎を冷遇するようになった。俺は、そんなふうに考えているんだ」

食事が終わった後、十津川は、田島に向って、

「今の君の話は、とても参考になったが、残念ながら、事実だという証拠がない。君のいうスキャンダルだって、相川総理が総裁を辞め、政界を引退しても公にならなかったので、世間では、ほとんどの人が知らない。どうして公にならなかったのか、その理由を知りたいんだ」

「それなら、いい人を紹介しよう。相川総理の下で、二十年以上も個人秘書をやっていて、相川総理の引退とともに、政界から離れてしまった人物だ。今なら、君が満足するような話をしてくれると思う」

と、田島が、いった。

2

田島が紹介してくれたのは、現在、神奈川県茅ヶ崎《ちさき》市に夫婦で住み、悠々自適の生活を送っている、崎田《さきた》という六十歳の男だった。田島に紹介状を書いてもらって、十津川は一人で、その茅ヶ崎の家に、崎田を訪ねていった。

ちょうど奥さんは、東京の親戚に会うために出かけているということで、崎田は家に一人だった。

「十津川さんのことは、田島さんから聞いていますよ」

と、崎田は、にこやかな顔で、十津川にいった。

「引退した相川総理のことを、いろいろと話してくださるそうですね」

と、十津川が、いった。

「実は、田島さんから電話を受けても、昨日まで迷っていたんですよ。そうしたら、相川先生が昨夜亡《な》くなったと、先ほど連絡がきましてね。まだ、マスコミにも流れていないはずですが、十津川さんがいらっしゃるときに、相川先生が亡くなる。これも何かの縁なのだろうと思ったのです。もし、相川先生が亡くなっていなかったら、同じ気持ちになっていたかどうか分かりません。これから、私も東京に行かなければなりませんが、それまで、できる限り、お話ししましょう」

崎田が、いう。

「そんなこととは、全く知りませんでした。大変なときに申し訳ありません。なるべく手短にすませますので、非礼をお許し下さい。私がお聞きしたいのは、相川総理のスキャンダルについてです。なぜ、スキャンダルは公にならなかったのでしょうか？

ある事件の関係で、どうしても教えていただきたいのです」

十津川が聞いた。

「そうですね。秘書として仕えていて気付いたのは、二つの理由です」

「相川総理のスキャンダルが、公にならなかった、その理由を教えてください」

「第一は、金ですね」

と、崎田が、いった。

「金、ですか」

「ええ、そうです。スキャンダルを押さえ込むために、ずいぶん金を使いましたよ。ほとんどの人間が、金と引き換えに、沈黙を守ってくれました」

「金ではどうにもならない相手には、どうしたのですか？」

「金の次は、コネですね」

「どんなコネですか？」

「いろいろな人が、相川先生の総理大臣としてのコネを求めて、集まってくるんですよ。大学の同窓生やマスコミ関係者の息子、あるいは後輩の娘とか、そんな人たちが次々にやって来て、コネを頼りに、さまざまな希望をぶつけてくるんです。相川先生は黙って、便宜を図ってやっていましたよ」

「それがどうして、スキャンダルを押さえこむのに、役に立つのですか？」

「便宜を図ってやれば、いつか、そのお返しが来るものですよ。金で買えない相手には、借りを返してもらったのです」

「相川さんが引退して、最大派閥から川口さんへの締めつけが、終わったわけですよね。その時、川口真一郎さんは、どう動いたんですか？」

と、十津川が聞いた。

「たぶん彼も、派閥の長からの申し出を断ったことを、悔やんでいたんだと思います。何しろ、五年間も、雌伏の時間を過ごさなければならなかったんですから。川口真一郎は、相川先生が引退すると、すぐに旧相川派を引き継いだ領袖《りょうしゅう》に取り入って、派閥入りを果たしました。もともと実力のある先生ですから、派閥の中で、どんどん力を蓄えていき、現在では、派閥のナンバーツーになっています。その上、まだ若いですから、次の幹事長、将来の総理総裁を狙《ねら》える実力者だといわれています」

「しかし、ここに来て、川口真一郎の周辺で、小さな事件が起きています。知っていますか？」

「もちろん、知っていますよ。私は、相川先生と一緒に政界を引退しましたが、それでも私の耳には、さまざまな噂やスキャンダルといったようなものが、飛び込んでくるんです。その噂によると、川口真一郎は、相川総裁と同じように、自分のスキャンダルには敏感になっていますね。何しろ、今では保守党最大派閥のナンバーツーですから。政界では、何が命取りになるか分かりません。ちょっとしたスキャンダルでも、それが原因になって、引退に追い込まれてしまう人もいます。私の見るところ、川口真一郎は、七年前の事件が、弱点の一つになっているんですよ。彼は、七年前の殺人事件の容疑者にはなっていませんが、事件はまだ解決していないし、川口真一郎に関係した事件ということは明らかですから、今、妙な目撃者や証人が出てきたら、自分の地位が危うくなってしまう。ですから、どんなスキャンダルの芽でも、摘んでおこうと考えている」

「どんな人間たちですか？　川口本人というより、周りの人間が、です」

と、十津川が聞いた。

「確証はありませんが、私設秘書の小野寺ゆみでしょう。彼女が動いているのではないかと思いますね。スキャンダルの芽は、絶対に潰《つぶ》していく、そんな固い意志の下に、彼女自身が動いているのか、それとも誰かを雇って動かしているのかは分かりませんが、川口真一郎に絡《から》んで、現在、男女の負傷者が出ています。それは、私の耳に入っていますよ」

「この二年間、急に最大派閥のナンバーツーになり、次の幹事長候補に上っている。もし幹事長になれば、その後は保守党の総裁になり、総理大臣の道も見えてくる。そう噂されていますが、その真偽は、どうなんですか？　彼の実力によって、自然にそうした噂になっているのか、それとも誰かが、その噂を作り、川口真一郎が保守党の総裁にふさわしいとか、総理大臣になってもおかしくないとか、噂を流しているのでしょうか？　崎田さんは、どちらだと思いますか？」

と、十津川が聞いた。崎田は、ちょっと考えてから、

「私の目から見た、川口真一郎像ということでも構いませんか？」

と、聞いた。

「ええ、構いません。どんなことでも話してください」

十津川が促した。

「川口真一郎を、次の保守党の幹事長にしよう。そして、その後は総裁にし、総理大臣にしようという動きの、その指揮を執っているのは、私設秘書の小野寺ゆみだと、私は睨《にら》んでいます」

「どんなふうに、彼女は、指揮を執っているのですか？」

「小野寺ゆみという女性は、もともと資産家の娘です」

「そのことは知っています」

「今から十年前ですか、彼女の父親が亡くなり、続いて母親も亡くなり、残された資産は、全て小野寺ゆみのものになったといわれています。その金を自由に使って、彼女は、川口真一郎のスキャンダルをもみ消し、逆に、何者かに陥《おとしい》れられたが、じっと耐えたという美談に仕立て上げた。それに必要な金を、両親の遺産から持ち出したことは、私も知っています」

「そうやって、川口真一郎が政界で浮上していく流れを、彼女が作っている――」

「そうです。先ほど、相川先生の話をしましたね。スキャンダルが表沙汰《ざた》にならないために必要なものは、第一に金です。それからコネ。政界、あるいは財界の有力者に動いてもらう。自分の、あるいは、川口真一郎のコネを使って、大物を動かして、スキャンダルをもみ消してもらう。成功すれば、多額のお礼の金が動くわけですが、今のところ、うまく捌《さば》いていて、川口真一郎に、火の粉がかかるようなことは起きていません。いや、それ以上に、五年間の雌伏の時間は、彼に対する同情すら集めています。その同情を作り上げたのも、私設秘書の小野寺ゆみですね」

と、崎田が、いった。

「私設秘書の小野寺ゆみですが、もう何年も、川口真一郎の私設秘書をやっているわけでしょう？　それで、どうなんでしょうか。二人は、いわゆる男と女の関係なんでしょうか？　それとも、純然たる政治家と秘書との関係なんでしょうか？」

十津川が、目を光らせた。

「その点は、男と女の関係と考えて、まず間違いないでしょうね。一応、表向きは、前途有望な政治家と、優秀な私設秘書という関係です。以前は、旅行先でも用心して、別々のところに泊まっていました。七年前が、いい例ですよ。しかし、最近は油断しているのか、同じホテルに泊まったりしていますね。あれでは、その内に、スキャンダルに発展するかもしれません」

「ここに来て、広島電鉄の若い運転士が襲われたり、その運転士の高校時代の同窓生だった女性が、殴られて負傷したりしています。崎田さんのお耳には入っているようですが、この事件は、政界でも話題に上っているのでしょうか？」

と、十津川が聞いた。

「もちろん、みんな知っていますが、誰も口にはしません。皆さん、そのことは、よく知っているんです。何しろ、将来の総理候補といわれている川口真一郎が絡んでいる事件ですからね。政界では、そういう噂は、あっという間に広がります。スキャンダルで、総裁の椅子を、ふいにするかもしれないからです。政界では、しばしば小さなスキャンダルでも、それを使って相手の寝首をかこうとしますからね」

崎田が、笑って続けた。

「現在、川口真一郎には、地下に埋まっている、二つの地雷があるといわれています。私設秘書の小野寺ゆみとの関係が一つ。そして、広島電鉄の若い運転士が暴行され、その運転士の高校時代の同窓生だった女友だちも負傷した事件が、もう一つ。この、もう一つの根っこは、渋温泉の殺人事件かも知れません」

「どちらが危険な地雷なんでしょうか？」

「どちらともいえませんね。この二つをくっつけて大きなスキャンダルにすれば、川口真一郎を、政界から追放することだってできますからね」

「崎田さんは、政治家のスキャンダルを押さえるのは、金とコネだといわれましたね？　現在、川口真一郎の周辺で起きている殺人未遂事件、これを押さえるために動いているのは、金でしょうか、それとも、コネでしょうか？」

「おそらく、その両方が動いていると思いますね。川口真一郎が、今まで政治的な便宜を図っていた相手、あるいは金で結ばれていた人間が、今の殺人未遂事件の陰で動いているのだと思っています。同じようなことが、相川元総理の時にもありましたからね」

と、崎田が、いう。続けて、

「私は、今回の事件で動いているのは、若い人間だと思っています」

「しかし、川口真一郎は、政治家としては若手かもしれませんが、一般の社会では中年です。そんな川口真一郎のために、若い人間が動くものでしょうか？」

「実は、相川先生も、自分と同じような年代の仲間を作っていましたが、そのほかに、若い人たちによる親衛隊も作っていたんです。何かあれば、すぐに動いてくれる若者たちです。今、川口真一郎について調べてみると、相川先生に倣《なら》って、自分の周りに、若い親衛隊を作っているようです。ただし、大勢ではありません。せいぜい数人で、その内で、熱心によく動いているのは、二人ぐらいだといわれています」

「その二人の名前は分かりますか？」

「お話ししても構いませんが、私から出たということは、内緒にしてくださいよ。まだ政界との繋《つな》がりは残っていますからね」

崎田は、二人の名前を教えてくれた。

十津川は、その二人に、当たってみることにした。ひょっとしたら、広島の高橋雄介の事件や、東京の籾山里奈の事件で、彼らが動いた可能性があると考えたからである。

3

今度は、亀井刑事も一緒である。一人は、高校時代に甲子園に出たことがあるという、三十歳の男だった。現在、新宿にある、弁護士の父親の法律事務所で働いている。名前は、三浦茂之《みうらしげゆき》である。

十津川は、その法律事務所を、亀井と一緒に訪ねた。父親の弁護士は、裁判で留守にしていたが、息子の三浦茂之のほうは、ビルの三階にある法律事務所で、十津川たちを迎えた。彼自身は弁護士ではないが、調査などで父親の手伝いをしながら、政治の勉強をしているという。長身で、たくましい体つきだった。

事務をやっている若い女性が、コーヒーを淹《い》れてくれた。事務所の中を見ると、大きな川口真一郎の写真が飾ってあった。

「これ、川口大臣ですよね？」

写真を指差しながら、十津川が聞くと、三浦はニッコリして、

「私も父も、川口先生が将来の保守党総裁になり、日本の総理大臣になることを期待しているんです」

と、いう。

「ひょっとすると、あなたは川口大臣が作った親衛隊に、入っているのではありませんか？」

十津川が聞いた。

否定するかと思ったが、三浦は微笑《ほほえ》みを崩さず、

「ええ、そうです。親父《おやじ》は法律で、川口先生に協力しています。私は、若さで川口先生のお役に立とうと思っているのです」

と、あっさりと認めた。

「今までに、あなたの自慢の体を使って、川口大臣のために働いたことがありますか？」

と、十津川が聞いた。

すぐには返事がなかった。少し間を置いてから、

「そうですね。時には、この体が、先生のお役に立っていると自負しています」

と、三浦が、いった。

「最近、広島電鉄の運転士、それから、彼の高校時代の同窓生で、東京に住んでいる女性が、相次いで何者かに殴られて、入院しているのです。運転士の方は、七年前のある事件について、川口大臣に恨みを持っているのですが、先日たまたま広島市内で、川口大臣の私設秘書が運転する車を見かけたそうです。もし、七年前の事件が蒸し返されると、川口大臣にとって、まずいことになるかもしれません。そこで、親衛隊のあなたが、川口さんに累《るい》が及ぶ前に、脅しの意味で、殴ったのではありませんか？」

と、十津川が聞いた。

「そんなことはしていません。第一、私は広島には関係がないし、その女性のことも知りませんからね」

「女性のほうは、東京で、鉄道雑誌のカメラマンをやっているのです。ご存じありませんか？　まだ若いですが、かなり力のあるカメラマンで、最近では、雑誌の仕事で、政治家の写真なども撮っているのですが」

と、十津川が、いった。

「そういう女性に、知り合いはいませんね。仕事上の関係はないし、今のところ、政治の勉強に大忙しで、女性と二人で楽しんでいるような余裕はないんですよ」

「川口大臣の親衛隊で、ファンを自認している三浦さんは、もし、川口さんが政治家として大成するのを妨げる存在がいたとしたら、どうしますか？」

と、亀井が聞くと、

「もちろん、すぐに排除しますよ」

三浦が、乾いた声を発した。

「もう一度聞きますが、殴った犯人は、あなたではないんですか？」

十津川が、単刀直入に聞いた。

三浦は笑って、

「私には、全く身に覚えがありませんね。私は、そんな馬鹿《ばか》なことはしませんよ」

「そうすると、いったい誰が、そんなことをしたんでしょうか？　誰か、思い当たる人物はいませんか？」

十津川が、重ねて聞いた。

「そうですね」

と、一応、三浦は、もっともらしくうなずいてから、

「川口先生の親衛隊は、私のほかに、もう一人いたのです。しかし、彼は一週間ぐらい前に、突然、親衛隊を辞めてしまいましてね。気が短くて乱暴なところがあるので、

川口先生が、彼を首にしたんですよ。彼なら、そんな乱暴な事件も起こしかねません。もちろん、川口先生が命じたわけではなく、彼が勝手にやったことだと思いますよ」

「名前はご存じですね？」

「プライベートで親しくしていたわけではありませんが、渡辺義男《わたなべよしお》という名前です。十代の頃から、ボクサーをやっているというのが、彼の自慢でした。腕に覚えがあるからか、つい乱暴な行動に走ってしまって、それで川口先生が、彼を首にしたのかもしれません」

三浦は、しきりに、首にしたという言葉を繰り返した。

4

渡辺義男は、父親がやっている中華料理店で働いていると聞いて、十津川と亀井は、中野にある、その店を訪ねてみた。

ごく普通の中華料理店である。激辛ラーメンという大きな看板が出ているが、逆にいえば、それしか売り物がないということかもしれない。

暖簾《のれん》を潜《くぐ》って、店の中に入っていく。店主夫婦らしい五十代の男女が働いていたが、若い男の姿はなかった。

十津川が、息子さんに会いたいというと、父親が、

「義男でしたら、この時間は仕事が暇なので、近くのボクシングジムに行っていま す」

と、いう。十津川と亀井は、そのボクシングジムに向かった。

ジムの前に行くと、サンドバッグを叩《たた》く音が聞こえた。中には、若者が数人いた。

一人に聞いてみると、タンクトップ姿でサンドバッグを叩いているのが、問題の渡辺義男だと教えられた。

二十五、六歳か、それほど大きくはない。ボクサーでいえば、ライト級といったところだろうか。

十津川は、彼が練習を止《や》めたところを見計らって、声をかけた。警察手帳を見せてから、

「最近、広島と東京で、若い男女が、何者かに殴られて、負傷しているんですよ。どうも、その犯人は、ボクシングの心得があるのではないか。そして、川口真一郎の親衛隊にいたことがあるんじゃないか。そういう疑いが出てきたので、こちらに聞きに来たのですが」

と、十津川が、カマをかけた。

「ちょっと待ってください。喉《のど》が渇いたので、水を飲んできますから」

と、いって、奥に消えたが、そのまま、いつまで待っても、戻ってこない。ジムの奥を探すと、どこにもいない。裏口から逃げてしまったのだ。

十津川は、すぐにジムの会長に、問題の青年の写真を貸してもらい、人海戦術で、逃げた男を探すことにした。写真を何枚もコピーして、応援に呼んだ刑事に持たせて、ジムの周辺や近くの駅から探していった。

だが、その日の内には、見つからなかった。

翌朝、ジムの近くの公園で、写真の男が死んでいるのが発見された。鉄の棒のようなもので、何回も殴られたようである。司法解剖の結果、殴られた跡は、顔、腹、背中など八カ所もあり、全身打撲で死亡したと報告された。

渡辺義男は、高校を卒業すると同時に、プロのボクサーを目指して、ジムに入ったが、そのジムの会長が、川口真一郎の後援会に入っていた。影響を受けた青年も、川口真一郎に心酔するようになり、親衛隊に参加した。

ボクシングのほうは、よくトレーニングをしていたが、一向に強くならなかったという。

ジムの会長に聞くと、

「一番の欠点は、気が弱かったことですね。あれではプロに向きません。アマチュアなら、いいでしょうが。気が弱いから、冷静に守らなければならない時に、我慢しきれずに、無謀な打ち合いに出てしまうんです」

と、いった。

それでも、ずぶの素人《しろうと》よりは強かったと、ジムの会長が、いった。

「四回戦ボーイでしたが、毎日、ここに通って、一所懸命、練習していましたからね。何も知らない素人に比べれば、相当強いですよ。鉄の棒には敵《かな》いませんがね」

と、悔しがった。

「川口大臣の親衛隊に入ったのは、あなたの影響ですか？」

十津川が聞いた。

「そうですね。政治に興味があるというので、あるパーティに連れていって、川口先生に紹介しました。私は、川口先生の選挙区がある広島の出身ですから」

と、ジムの会長が、いった。

「実は、広島と東京で、若い男女がいずれも殴られて負傷し、病院に運ばれたのですが、その事件について何か知らないか、彼に聞いたんですよ。そうしたら、突然、逃げ出しましてね。逃げたのは、心当たりがあったからでしょうか？　彼が、その二人を殴った。だから、逃げたんでしょうか？」

「そこまでは、私には分かりませんね。気の弱い男ですが、川口先生の親衛隊に入ってからは、先生のためなら、何でもする。どんなことでもいいから、何かの役に立ちたい。そんなことを、よく口にしていましたからね。川口先生のためになるならと思って、今、警部さんがいわれた事件を、起こしたのかもしれません。思い込みの激しいところもありましたから」

と、ジムの会長が、肩を落とした。

「逃げたところを、誰かが待ち伏せしたか、追いかけたか、それとも、逃げるのを助けてやると騙《だま》したのか。それは分かりませんが、とにかく彼を捕まえて、鉄の棒で殴って殺してしまった。鉄の棒を用意していたわけですから、最初から、殴り殺すつもりだったのかもしれません。そんなことをする人間に、心当たりはありませんか？」

と、十津川が聞いた。

「義男に個人的な恨みがある者がいたのか、それとも川口先生の親衛隊に入っていたことが原因なのか。どちらにしても、私には、彼をなぐり殺すような人間に心当たりはありません」

と、ジムの会長が、いう。

「彼は、川口真一郎の親衛隊に入っていたわけですから、川口大臣によく会っていたんですか？」

と、十津川が聞いた。

「そうですね。一週間に一回くらいは、川口先生に会いに行っていたようです。もちろん、川口先生は大変お忙しいので、会いに行っても、会えないことが多かったでしょう。それでも、少しでも川口先生の近くにいたいんだと、彼は、いっていました」

「川口大臣の親衛隊というのは、どんなことをしていたのでしょうか？ 親衛隊というのが、よく分からないのですが」

「後援会とは別に、若い人間を集めて作ったんですよ。政治家の後援会、支援者の集まりというと、どうしても年配者ばかりになってしまいますからね。川口先生としては、何かあった時に、すぐに動ける集団が欲しかった。ですから、若い人たちを集めて、親衛隊と呼んでいたんです。一時は何十人もいたんですが、次々に辞めてしまいましてね。最近は、二人だけになっていたようです。私なんかは、何とか親衛隊員の数を増やそうと思って、ジムの練習生に、川口先生の親衛隊に入らないかと、声をかけていたんですがね」

と、ジムの会長が、頭を掻《か》いた。

殺害された青年、渡辺義男の葬儀は、彼が通っていたボクシングジムで行われた。ジムに所属するプロボクサーが参列して、ささやかだが、格好のついた葬儀になった。中華料理店をやっている父親が喪主で、ジムの会長が弔辞を述べた。川口大臣からの花や弔電は、届いていなかった。

その日の夜、十津川と亀井は、両親から話を聞くことにした。

「息子さんを殴って殺した人間に、心当たりはありませんか？」

と、十津川が聞いた。

父親は、じっと黙っていたが、母親が、

「心当たりのようなものは全くありませんけど、もしかすると、あの子がボクシングジムに通ったり、政治家さんの親衛隊に入ったりしていたために、こんなことになったのかもしれません」

と、いった。

「それは、どういう意味ですか？」

十津川が聞いた。

「川口真一郎という政治家のために、あの子は時々、人を殴ったり脅したりしていたようなんです。昔は、そんなことは全くなかったのに、政治家先生の下で働くようになってからは、日本のためにとか、国政のためにとか、そんなことを口にするようになりました。その先生に反対する人なんかを殴って、恨みを買うことになったのかもしれません」

母親は、目をしばたいた。

翌日、十津川と亀井はもう一度、中華料理店を訪ね、殺された青年の部屋を見せてもらった。

四畳半の部屋である。青年らしく、ジェット機の模型が飾ってあったりする。壁には、やはり川口真一郎の写真があった。

机の引き出しの中を調べて見つけたのは、一冊の手帳だった。その手帳には、さまざまなことがメモされていた。

メモの中で、特に十津川の注意を引いたのは、五人の男の名前が書かれたページだった。

そのページには、大きく「川口真一郎先生親衛隊」の文字があった。その下に、五人の名前がある。一時は数十人のメンバーがいたと、ボクシングジムの会長がいっていたから、そのうちの五人の名前だろう。もちろん、五人の一番上には、殺された青年、渡辺義男の名前があった。

彼の名前の横には、仇名《あだな》らしきものが書かれていた。お互いを、仇名で呼び合っていたのかもしれない。本人の仇名は「ムサシ」である。宮本武蔵《むさし》から来ているのだろう。

そのすぐ下には、本名はなく、仇名だけ書かれていた。宮本武蔵に倣ったのか、「コジロウ」である。佐々木小次郎から取ったのだろう。

部下の刑事を、十津川は、殺された青年の身辺の聞き込みに当たらせた。彼が通っていたボクシングジムや、両親がやっている中華料理店の周辺、それから彼の友人関係である。

その結果、手帳に書かれた名前で、一人の男が、クローズアップされてきた。

どうやら、この二人は、普段から本名ではなくて、仇名で呼び合っていたらしい。ムサシとコジロウである。亡くなった渡辺義男と最近まで交流のあった女性は、十津川の質問に対して、こう答えた。

「何か危ないことをやる時には、本名ではなくて、お互いに仇名で呼び合っていたみたいですよ」

「危ないことというのは、例えば、どんなことですか？」

「二人とも、よくバイクに乗っていたんですけど、暴走族のような危険な運転をする時は、お互いに本名ではなく、仇名で呼び合っていたようです。人を脅しに行く相談をする時なんかも、誰かに聞かれてもいいように、仇名で呼び合っていました。ですから、都合の悪い時、あるいは、法律に触れることをする時には、仇名を使っていたのではないかと思います」

と、女性が、いった。

「コジロウという人の本名を知っていますか？」

「私は知りません。義男君は、いつも仇名で呼んでいましたから」

と、いったが、何か思い出したように、付け加えた。

「でも、一度だけ、うっかりだと思いますが、義男君が電話の相手を、『コウさん』と呼んだことがありました。義男君が、そのミスのあとで、ずいぶん慌《あわ》てていたので、よく憶《おぼ》えています。コジロウという人の本名というか、下の名前は、コウというのかもしれません」

5

渡辺義男と親衛隊の行動を確認するために、十津川は、川口真一郎の東京事務所に、大臣本人を訪ねていった。

事務所に川口真一郎本人はいなかったが、五、六人の秘書が集まっていた。

十津川は、その秘書たちに、話を聞くことにした。

「川口真一郎さんの後援会の中に、若者だけを集めた親衛隊があったそうですね」

十津川が聞いた。

「ええ、ありましたよ。若くて機動力のある若者たちだけで、親衛隊を作りました。最近、世の中が殺伐としてきて、公務や街頭演説の時などでも、嫌がらせをされたり、暴漢に襲われたりする危険がありますからね。川口先生を守るためです。ここに来て、少しずつ数が減ってきて、最近では、とうとう一人になってしまいましたけどね。川口先生が総理大臣になれば、また増えるだろうと期待しているんです」

と、秘書の一人が、いった。

「最後の方まで残った一人に、このあいだ会いました。渡辺義男君です。彼と親しかった親衛隊員で、コジロウとか、コウとか呼ばれていた人がいたと聞きましたが、本名は分かりませんか？」

と、十津川が聞いた。

答えが、すぐはね返ってきた。

「それだけでは、ちょっと分かりませんね。そういう名前の人は、親衛隊にはいなかったと思いますが……。コジロウとかコウというのは、渡辺義男君との間だけで、そう呼んでいたのではありませんかね。とにかく、渡辺義男君が辞めたかと思ったら、何者かに殺されてしまいました。警視庁の刑事なら、早く犯人を捕まえて下さいよ」

と、十津川は、逆に相手から励まされてしまった。

「分かっています。われわれもそのつもりですよ。そのためにも、こちらの質問には、正直に答えて貰《もら》いたいんですよ。後援会の中に、親衛隊を作ったのは、いつ頃ですか？」

「今から二年前です」

「川口大臣は、数年の間、不遇の時期を過ごしたと聞きました。二年前というと、ちょうど不遇を脱した頃ですか？」

「そうです。ようやく日が当たるようになったと、意気が上がっていたときです。川口先生が、これからは若者の行動力が欲しいとおっしゃるので、親衛隊を作ったのです」

「その名前は、誰がつけたんですか？　親衛隊というと、なんとなくナチスを連想してしまいますが」

「そんなことは全く考えませんでしたね。アイドル歌手の熱烈なファンも、親衛隊といったりするじゃないですか。とにかく、川口先生を守る若者の集まりということで、先生が付けられたんです」

「川口大臣が、名付け親ですか」

「そうです。ご自分に親しく、守ってくれる若者たちということで、親衛隊と名付けられたんです」

「親衛隊は、役に立ちましたか？」

「先生は満足されていましたね」

「親衛隊の役目は、川口大臣に敵対する者を、力ずくで排除することですか？」

十津川が聞くと、秘書の一人が笑って、

「もう少し柔らかく、いってくれませんかね。確かに、川口先生の理想を潰そうとする相手に対しては、時には排除したりもしていましたが、力ずくではなく、あくまでも柔らかくですよ」

「多いときには、かなりの人数がいたと聞きましたが」

「そうです。最初に十五人、一気に採用しました。多い時には、五十人はいたんじゃなかったですかね。しかし、最後に残ったのは二人で、そのうちの一人は、親衛隊を辞めてから、不幸にも亡くなってしまいました」

「川口大臣は、渡辺義男君のことを、どういっていますか？」

「間接的には自分のために死んだようなものだから、手厚く葬《ほうむ》ってやりたいといわれていましたよ」

「間接的に自分のために死んだ、というのは、どういう意味ですかね？」

と、十津川は聞いた。

「辞めたとはいえ、一週間前までは親衛隊でしたから。そういう意味でしょう。親衛隊として、お別れの会をやってあげたいと思っていますよ」

と、秘書の一人がいった。

第六章　奇妙な脅迫状

1

十津川は、広島電鉄の社長宛《あ》てに、手紙を書いた。

「警視庁捜査一課では、七年前に長野県下で起きた新聞記者殺害事件を、長野県警と合同で捜査しております。しかし、今に至るまで、犯人の逮捕はできておりません。この事件に偶然関わりを持ったのが、当時高校三年生で、現在御社に運転士として勤務している、高橋雄介さんでした。

彼は七年前、夏休みに長野県渋温泉でアルバイトをしていて、問題の殺人事件に遭遇しているのです。

その時、彼が犯人を目撃したかどうかは分かりません。一度は、容疑者として捜査の対象にもされ、警察への不信の念もあるかもしれません。

ただ、本職は、高橋雄介さんが、無意識のうちに、犯人を目撃している可能性があるとみています。とすれば、彼が最近、危険な目にあっていることにも、説明がつきます。そして、その危険は、これからも続くことが予想されます。犯人に見当がついていれば、われわれ警察が犯人の行動を見張ることもできますが、残念ながら、いまだ捜査線上に、容疑者は浮かんできていません。

高橋雄介さんを公《おおやけ》に警護することは、現時点では、われわれには困難です。何しろ、七年前の事件と、今回、高橋雄介さんが襲われた事件との関連は、想像の域を出ていないのが現状です。犯人または共犯者が、いつ、どのような方法で、高橋雄介さんを襲うか、全く不明ですが、本職は、再度の攻撃が、彼に向けて行われる懸念《けねん》を抱いています。

このような危険性がある中、御社へお願いしたいのは、会社として、高橋雄介さんを守っていただきたいということです。公に警護することはできませんが、捜査の名目で、若手の刑事二人を差し向け、これから十日間、高橋雄介さんの周辺に置くつもりです。日下《くさか》刑事と北条早苗刑事という、本職が信頼を置く二人です。その二人と連携して、高橋雄介さんを守っていただけますと幸甚《こうじん》です」

十津川は、手紙を机上に置いたまま、しばらく考えこんでいた。余りにも身勝手な依頼だと思ったのだ。心に浮かぶ容疑者もいる。だが、詳しくは書けない事情もあるのだった。

七年前の渋温泉での殺人事件。その犯人が分かっていれば、高橋雄介が襲われた事件との関連も、はっきりするだろう。そうすれば、広島電鉄としても、高橋雄介を守りやすいはずだ。いや、犯人が分かっていれば、既に警視庁か、長野県警が逮捕しているはずだった。

それが、いまだに逮捕できていない。代議士の川口真一郎と、私設秘書の小野寺ゆみを、容疑者と睨《にら》んではいるが、何しろ証拠はないし、川口真一郎は、今や、若手の政治家として最有望株で、将来の官房長官、幹事長、総理総裁になるのではないか、といわれている人物である。そんな政治家の名前を、証拠もなしに、手紙に書くわけにはいかなかった。あくまで、十津川警部の見立ての域を出ていないのだから。しかも、広島には、川口真一郎の選挙区があるのだ。

十津川が迷う理由に、上司の三上刑事部長のこともあった。

三上は、何事についても、政治的に見る人間だった。将来、政界に進出するとの噂《うわさ》があるくらいだから、事件が起きると、まず、事件に関係する政治家がいないかどうか、そこをチェックする。

今回も同じだった。川口真一郎の名前が上がっていると知って、すぐに十津川を呼びつけて、

「よほどの証拠がない限り、川口真一郎と、私設秘書の小野寺ゆみについての捜査は、見合わせるように」

と、厳命したのである。

特に、今回、くどいほどに念を押したのは、川口真一郎が、将来の総理大臣も狙《ねら》える有望株だったからだろう。

これは噂なのだが、七年前、渋温泉で殺人事件が起きて、有力政治家の名前があがっていると聞くと、三上は、すぐに川口真一郎の私設秘書、小野寺ゆみを訪ねて行き、警視庁が、もし、この事件の捜査に関わることになっても、出来るかぎり、川口先生

の名前は出さないようにすると約束したというのである。当時から、三上は、警察庁のキャリア官僚として、隠然たる力を持っていた。

話がだいぶ大きく伝わっているらしいが、小野寺ゆみに接触したというのは、本当らしい。

その殺人事件の、七年越しの波紋のような事件が、広島と東京で起きて、警視庁捜査一課が捜査を始めるや否《いな》や、三上は、十津川を呼んで、川口真一郎の名前を出さないように、と釘《くぎ》を刺したのである。

十津川はそのこともあって、広島電鉄の社長への手紙には、容疑者が浮かんでいないと書いたが、実際には、川口真一郎と、秘書の小野寺ゆみを疑っている。

特に手紙の相手は、七年前の殺人事件とは何の関係もない、広島電鉄の社長である。もし、その手紙に前途有望な政治家の名前を書いたら、三上刑事部長は怒り狂うだろう。

とにかく、容疑者も犯人も分からず、襲われるという確証すらないままに、一人の運転士を守ってくれというのは、あまりにも我儘《わがまま》な要望である。

結局、十津川は、その手紙を燃やしてしまった。だが、手紙に書いた通り、二人の刑事を、高橋雄介の周辺に派遣することに決めた。二人を呼んで、明日から十日間、広島に行き、広島電鉄に勤務する運転士の高橋雄介を警護せよ、と命じた。

その時、二人の刑事は、

「この件について、広島電鉄のほうと、話をしてもよろしいですか？」

と、聞いた。十津川は、

「警護のことを話せば、広島電鉄に不必要な重荷を背負わせてしまうことになる。それに、高橋雄介を電車に乗せないようにしてしまうかもしれない。それでは、犯人の脅迫に屈した結果になってしまう」

「それでは、広島電鉄には相談せず、一人の乗客として、運転士の高橋雄介を守るようにします」

と、日下が、いった。北条早苗の方は、

「高橋雄介の勤務時間や勤務日を調べるのは構わないでしょうか」

と聞く。

「もちろん、構わない。その方が守りやすいからね」

十津川が、いった。

2

二人の刑事は、翌朝、品川からの始発新幹線で、広島に向かった。広島に着いても、広島電鉄には連絡をしないで、駅前のホテルを拠点にすることにした。そこに十日間泊まって、高橋雄介が乗務する日には、どちらかが、その電車に乗り、気付かれないように警護するつもりだ。

十津川は、高橋雄介が乗務する電車の中で、何か事件が起きるだろうと予想している。

北条刑事は、一度、十津川警部と広島に来ているが、警護の目で、広電に乗ったわけではない。何より、二人とも土地鑑がないので、まず、広島電鉄に慣れることから始めた。

広島電鉄に一日乗り放題の「電車一日乗車券」を、六百円で買い、高橋が乗務すると予想される、二号線に乗ることに決めた。

広島電鉄には、路線が一号線から九号線まであり、宮島口行きが二号線である。この二号線は、広島電鉄の路線の中で、一番走行距離が長い。広島駅から宮島口までの距離は、二一・五キロで、この距離を六十三分から六十八分で走る。乗降人数も多いため、ドイツ製のグリーンムーバーと、国産の最新型のグリーンムーバーマックスが投入され、九分間隔で運転されている。

広島駅に到着した二人の刑事は、始点の広島駅から、終点の広電宮島口までの区間を、何度も往復しようと打ち合わせた。

二人は改めて、広島駅の広さに驚いた。

巨大なJRの駅ビルの前に、広島電鉄の広島駅があった。市電という名前から、二人が想像していたのは、道路上に作られた電停と、とことこ走る路面電車だったが、この広島駅は広大である。

屋根つきのホームが並び、「乗車ホーム」と、「降車ホーム」に分かれている。そこに、五両連結のグリーンムーバーと、やはり五両連結のグリーンムーバーマックスが、次々に入線してくるのだ。

広島駅には案内所があり、そこで基本情報をおさえることにした。

ドイツ製のグリーンムーバーは低床式で、バリアフリーの先がけになった電車だが、広島駅――広電宮島口間に、十一編成が投入されている。二、三本に一本は、この車両が走っていると知った。

短い車両が五両連結されているので、曲がりやすく見えるのだが、全長は三十メートル以上あり、規則で許される最大の長さをわずかに超えて、特認を受けているという。

グリーンムーバーは、「人と環境にやさしい」乗り物という、時代の要請に応《こた》えて、平成十一年から導入された、広電最初の超低床車両である。ドイツ・シーメンス社とアルナ工機で製造されている。

車体はアルミ合金、空気配管をなくして軽量化を図り、車体長は三〇・五二メートル、床面高は三十三センチで、車椅子《くるまいす》でも、ホームから直接乗車可能である。

電動機は、一〇〇キロワットの三相かご形誘導電動機が、四個搭載されている。

外観からは五車体連結に見えるが、実際には、三車体連結である。これは、台車が、一番前と最後尾の車体と、中央の車体にしか付いていなくて、二両目と四両目は、他の車体に、ぶら下った状態になっているからである。

そのため、急カーブでも、スムーズに曲がれるようになっている。蛇の関節と同じである。

二人は乗る前に、二号線の全駅を覚えることにした。

広島駅——猿猴橋町——的場町——稲荷町——銀山町——胡町——八丁堀——立町——紙屋町東——紙屋町西——原爆ドーム前——本川町——十日市町——土橋——小網町——天満町——観音町——西観音町——福島町——広電西広島

ここまでは二号線だけでなく、複数の路線が走っているが、ここから先は、一路線である。この区間は、宮島線とも呼ばれる。

広電西広島——東高須《ひがしたかす》——高須——古江《ふるえ》——草津——草津南——商工センター入口——井口《いのくち》——修大附属鈴峯前《しゅうだいふぞくすずがみねまえ》——広電五日市——佐伯《さえき》区役所前——楽々園——山陽女子大前——広電廿日市《はつかいち》——廿日市市役所前（平良《へら》）——宮内——JA広島病院前——地御前《じごぜん》——阿品東《あじなひがし》——広電阿品——広電宮島口

二人が広島に着いた時間帯は、ラッシュアワーを過ぎていたが、乗客がホームにあふれ、電車が次々に発着する。

一両編成の古い車両と、グリーンムーバー、グリーンムーバーマックスといった最新車両が混在していて、たしかに市電の博物館といえそうだ。

二人は、宮島口行のグリーンムーバーに乗った。高橋雄介も、広島駅から広電宮島口までの、グリーンムーバーに乗務することになっている。

運転席のうしろに陣取った二人は、出発の動きを観察した。チャッチャッと音がして、ゆっくりと、電車は動き出した。

運転士は、一般の電車の運転士と同じく、

「出発進行！」

「信号確認！」

と、声を出している。

しばらくの間、広島の繁華街を走る。

二人が感心したのは、市電の軌道内に、車が入って来ないことだった。規則で禁止しているとはいえ、見事なほど、車は市電の軌道に入ってこないのである。

一方、電車のほうも、信号は守らなければならない。交差点が赤信号だと、当然、グリーンムーバーも停車する。

線路沿いに信号機があるわけではなく、交差点の端にあるから、注意しないと、眼に入らないかも知れない。

そのためか、運転士は、信号が変ると、

「信号よし！」

と、叫んでいる。

市街地の電停は、ほとんどが同じ造りである。三十センチほどの高さのホームがあり、乗り降りするところにだけ、小さな屋根がついている。

時々、「右側オーライです」「左側オーライです」という声が入る。右側から、あるいは左側から、車が走ってくるような道路の構造になっている時に、確認するためだろう。

二人は、賑《にぎ》やかな広島市内の景色も楽しんでいたが、原爆ドーム前の停留場が近づくと、「ああ」と、声を漏らしていた。

この電停は、他の電停より大きかったが、ラッシュを過ぎたばかりの時間帯では、降りる人は、ほとんどいなかった。

広電西広島駅は、本線の終点だけに、大きな駅だった。

市街地の電停に比べて、一般的な「駅」の造りになっている。ホームがいくつも並び、何よりも、この先が専用軌道になっていることが特徴だった。

広島電鉄では、広島駅から広電西広島までの五・四キロを、軌道線または市内線と呼び、この先、宮島口までの一六・一キロの専用軌道を、鉄道線あるいは宮島線と呼んでいる。

線路は、道路から完全に独立し、これから先は、普通の郊外電車である。

急に、スピードが上がった。

四十キロの制限速度が、六十キロになった。

停車する駅も大きくなった。時々、二段になっているホームもあった。普通の電車と、低床式の電車があるからだろうか。

グリーンムーバーは、スピードを上げて、快適に走る。低床式の五両編成の電車に乗っている感じは、もはやない。

広島電鉄では、鉄道線での最高時速を、六十キロに抑えているが、グリーンムーバーは、時速八十キロまで出るといわれている。そのくらいは出ている感じがした。

専用軌道の横を、道路が走っていたり、ＪＲの線路が走っていたりする。時々、踏切もある。終点の広電宮島口に着くまでに、トンネルも一つあったが、短かいものだった。

二人は、何回も宮島線に乗ったあとで、主な駅について分かったことを、十津川に報告した。

○広島
路面電車の停留場としては日本最大。

乗車ホームが二面、降車ホームが三面ある。降車ホームで乗客を下したあと、乗車ホームに入るようになっている。五号線は奥に専用ホームがあるので、一、二、六号線で、乗客が乗降している間は、出発できない。
○稲荷町
上りと下りのホームが、百メートルも離れている。
○紙屋町東
広島の中心街である紙屋町の駅。近くの交差点は、信号が長い。
○小網町
広島電鉄で唯一《ゆいいつ》、ホームがない電停。道路にペイントで印がついているだけ。
○東高須
厳密には、この駅から鉄道線に入る。
○高須
北側にＪＲ山陽本線が並行する。

○古江
周辺にマンションが多い。
○佐伯区役所前
南に徒歩十五分のところに、マリンスポーツの拠点になる五日市メープルマリーナがある。
○宮内
宮島線唯一のトンネル、串戸トンネルに近い。
○広電宮島口
宮島に渡る桟橋に連結している。道を挟んで向かいにJR「宮島口」駅がある。

犯人が、この広島のどこで、運転士の高橋雄介を襲うか、二人にも分からなかった。あるいは、犯人は何もしないかも知れないし、電車の運転とは関係のない場所で、高橋雄介を襲うかも知れないのである。

しかし、十津川には、犯人が、広島でグリーンムーバーを運転中の高橋を襲うという、確信めいた予感があった。

3

十津川は、川口真一郎の近辺に、腕力に自信のある親衛隊がいたことを知っている。しかし、最後に残った二名の内の、一人は殺されている。高橋雄介や籾山里奈を襲った実行犯は、もしかしたら、この殺された渡辺義男かも知れなかった。

高橋雄介を襲った男は、二人組だったといわれている。この最後に残った親衛隊の二人が、実行犯だったのかもしれない。彼らに凶行を命じたのは、川口自身か、私設秘書の小野寺ゆみの、どちらかということになる。

川口は、現在経産大臣で、次の幹事長になるだろうといわれている。その先にあるのは、当然総裁であり、総理大臣である。そうなると、行動も慎重になるだろう。

渡辺義男たちに、高橋雄介や籾山里奈を襲うように命じたとすれば、今度は口封じのために、渡辺を殺したということになる。十津川が、渡辺に話を聞きにきたと知って、先手を打ったのだろう。

あるいは、今は、あれこれ動かない方が得だと計算し、親衛隊の中でも暴発しかねない男を除いたのかもしれない。死んでしまえば、血気にはやって、広島電鉄に勤務する高橋雄介に、再び手を出すこともない。捕まって口を割り、自分に累《るい》を及ぼすこともないのだ。仮に、川口が黒幕だとすれば、追い詰めるのは、かなり難しい。

十津川は、無力感に苛《さいな》まれていた。犯人が動かなければ、七年前の事件や、今回起きた暴力事件の解決は難しくなってしまう。

心配する十津川を他所《よそ》に、翌日は、高橋雄介の勤務日だった。運転するのは、いつも通り、五両連結のグリーンムーバーである。行先は広電宮島口。広島電鉄で、一番長い区間である。

広島電鉄でも、高橋雄介のことを心配して、彼が運転する時には、助手を一人つけるようにしていた。同年代の、田中《たなか》という運転士である。

この電車には、万一に備えて、日下刑事が乗って警戒していたが、何事もなく、電車は広島駅を出発した。この後、電車は、八丁堀、紙屋町と、広島の繁華街を走る。

その時、運転士の高橋雄介は、運転台に、見慣れない封筒があるのに気付いた。

「高橋雄介君」と印字された封筒だった。高橋は運転中で、自分で読むことはできないので、助手役の田中に渡した。田中は、

「彼女からのラブレターじゃないのか」

と笑いながら、中の便箋《びんせん》を取り出した。そこにも、宛名と同じ書体の文字が並んで

いた。

「われわれは、この電車に、爆弾を仕掛けた。電車を停めれば、爆破する。唯一助かる方法は、終点に着くまでに、電車を、車にぶつけてしまうことだ。そうしないで、終点まで行ってしまえば、爆弾が起動され、何人もの死傷者が出ることになる。電車を車にぶつければ、お前は広島電鉄をクビになるかもしれない。しかし、お前の決断次第で、乗客は死ななくて済むだろう。お前の行動と運行状況は、常に見ているぞ」

運転室にいる田中の顔色が変わった。一瞬迷ってから、高橋雄介には何もいわずに、運転室を離れ、近くに乗客のいない車両の隅から、乗務用の携帯電話で、広島電鉄本社に電話を掛けた。私用の携帯電話は、乗務中は使えないからである。そして、問題の手紙を二回、読んで聞かせた。

「どうしたらいいでしょうか？」

と聞いた。返事をしたのは、上司の運転課長だった。

「いたずらかもしれないが、とにかくスピードを緩めて、終点まで停まらずに行け。こちらから警察に相談する」

と、課長が、いった。田中は、すぐ運転室に飛んで行き、運転席の高橋に話した。

今度は、高橋の顔色が変わった。

運転課長は、いたずらかもしれないというが、自分が殴られたことを思い出すと、高橋雄介には、本物の脅迫に感じられた。脅迫状が本物なら、犯人が、どこかで見張っている可能性がある。すでに一度、不測の事態を経験した高橋は、深呼吸をして、運転課長の指示に従い、速度を減じた。停まれば爆破するというのだから、停まらなければ爆発しないはずだ。そう思ったのである。

スピードを時速四十キロから、時速五キロに減速した。徒歩と同じくらいの速度である。そして、電停を素通りして走っていく。異常を察して、車内が騒ぎ始めた。

三両目に乗っていた日下は、列車が急に速度を落としたのに気付くと、すぐに、待機している北条早苗刑事に、携帯電話で異変を伝えた。彼女がすぐに、広島電鉄の運転課に電話を掛ける。運転課長は、宮島口行きの電車で何があったかを、北条刑事に話してくれた。

「どういった対策を講じましたか？」

北条が、運転課長に聞いた。

「いたずらかもしれませんが、本当なら大変です。とにかく、終点の広電宮島口まで、ゆっくり走るように指示してあります。先行する車両は、そのまま先行させ、後続の電車は徐行させて、運転間隔を空けさせました。ですが、終点の宮島口に着いたら、電車は停めるしかありませんから、それまでに、何とか考えないと」

運転課長の声も震えている。

北条刑事は、事情を東京の十津川に伝えてから、広島電鉄の本社に急いだ。運転課には、広島電鉄の幹部が集まっていた。北条刑事が着いた時には、部屋の壁に、助手役の田中が伝えて来た、犯人からの脅迫状の文面が貼《は》り出してあった。

そこには、運転課長を始めとして、旅客課長や広報課長、同僚の運転士も顔を出していた。数分遅れて、社長も飛んで来た。突然の事態なので、誰からも言葉が出ない。

その中で、運転課長がいった。

「現在、高橋運転士は、グリーンムーバーの速度を、時速五キロに落としたといいます。単純計算すれば、あと四時間は、爆発することなく、無事に走れることになります」

「この脅迫状には、電車を自動車にぶつけろ、と書いてあります。その一方で、電車を停めたら、爆発するとも脅しています。どちらにしても、乗客に危険が及びます」

と、旅客課長が、いった。

「しかし、犯人の一人が、その電車に乗っていて、監視しているのかもしれません」

と、運転課長が、いった。

「犯人が車内にいるとして、高橋運転士が自動車に衝突させた場合は、爆発させない。ただ単に停まった場合は、爆弾を起動させる。そういうつもりかもしれません。いったい、犯人の目的は何なのでしょうか」

「犯人は、電車をぶつければ、高橋運転士がクビになるかもしれない、といっている。つまり、高橋君に事故を起こさせて、その責任を取って、退社させたいんじゃないか？」

と、社長が、いった。

「常軌を逸した考えかもしれませんが、それ以外に考えられません」

と、旅客課長が、うなずく。

「高橋運転士を辞めさせるような、ばかなことはしないよ」

社長が、いった。

それまで黙っていた北条刑事が、口を挟んで、

「しかし、指示通りに、電車を自動車に衝突させた場合、死者や負傷者が出れば、高橋運転士の責任問題になるでしょう」

「そこは難しいが、私はこんなことで、高橋君をクビにしたくはない。犯人の脅迫に屈して、大事な運転士を辞めさせるわけにはいかないよ」

社長が、強い口調で、いった。

そうしている間にも、時間が経《た》っていく。

「市街地の信号が心配です」

と、運転課長が、いった。

「犯人が脅迫状の通りに行動するなら、赤信号で停まれば、爆発してしまいます」

「どうしたらいい？」

「信号が赤でも、警笛を鳴らしながら、そのまま走るしかありません」

と、運転課長が、いった。

社長が地元の警察にも、すぐに伝えていたので、パトカーが二台出動した。時速五キロで走る電車に追いつくのは簡単だったが、ゆっくり走る電車を見ながら、パトカーの刑事も、どうしたらいいか分からない。拡声器を使って、ほかの車に注意を呼びかければ、かえってパニックを引き起こすかもしれないし、犯人を刺激することになるかもしれない。警笛を鳴らしながら、ゆっくりと赤信号の交差点に入っていくグリーンムーバーを、ただ見守るしかなかった。

運転台の高橋も、これからどうすればいいのか、分からずにいた。犯人は、自動車と衝突しろと指示している。その意図が理解できない。本当に自動車と衝突すれば、爆弾は爆発しないのか。仮に、自動車と衝突させれば、死傷者が出るかもしれない。軽い怪我《けが》で済めばいいが、死者が出てしまえば、広島電鉄と自分は終りである。いくら犯人に脅迫されていたといっても、死者が出れば、その責任は、運転している自分が、負わなければならないだろう。どうすればいいのだ。

説明もなく、次々と電停を通過してしまうので、乗客の騒ぎは大きくなっていった。

それを見て、日下刑事は迷っていた。本当の事態を伝えて、乗客たちはパニックに陥らないだろうか。しかし、これ以上、何も説明しないのは無理だと判断した日下は、運転助手役の田中と一緒に、車両ごとに、乗客へ状況を伝えていった。

警察手帳を掲げた日下の話を、どの乗客も半信半疑で聞いている。説明を聞き終わると、今度は、自分たちの乗っている電車が爆発するのではないか、という恐怖に駆られ始めた。

日下刑事が、「停まったら爆発する」と伝えているにもかかわらず、先頭車両に押しかけて来て、

「早く電車を停めろ!」

と、怒鳴る乗客も出てきた。日下は、乗客をなだめ、高橋の楯《たて》となる位置に立ちはだかった。

電車の両側を並走しているパトカーが、二台から四台に増えた。そのパトカーから、日下に電話がかかった。十津川が、広島中央署の若月に、連絡してくれたのだろう。

パトカーからの指示は、こうだった。

「数分間、ドアを開けたままで走れ。パトカーから、われわれが飛び乗る」

グリーンムーバーの速度を落としているから、可能なことだった。田中が、運転台の高橋に伝えて、一両目のドアを開けた。しかし、刑事が飛び乗る前に、乗客の一人が、開いたドアから飛び降りてしまった。時速四、五キロという歩行者並みのスピードだが、飛び降りた男の乗客が、道路に転倒しているのが見えた。運転している高橋は、助手席にいる田中に、

「今の乗客は、大丈夫か？」

と、聞いた。

「すぐ起きて歩いているから、大丈夫のようだ」

と、田中が答える。

ほっとしている間に、刑事が二人、飛び乗ってきて、すぐにドアを閉めた。その刑

事たちと日下、運転助手役の田中の四人で、五両編成の車両の中を歩いて、爆発物を探すことにした。

しかし、五両編成の、どの車両を探しても、不審物は見つからない。その上、四人が目を光らせて探せば探すほど、乗客は怯《おび》えてしまった。

「ひょっとすると、屋根かもしれない」

と、日下が、いった。そこで、並走している四台のパトカーに、少し離れた場所から、五両編成の電車の屋根を見てもらうことにした。しかし、屋根の上にも異物が乗っている気配はないと、パトカーから返事があった。

「爆発するというのは、犯人の脅しじゃありませんかね。五両の車両を、これだけ探しても見つからないんだから」

と、広島中央署の吉田《よしだ》という刑事が、いった。

「じゃあ、電車を停めてみますか？」

と、田中が聞く。

「ちょっと待って下さい」

と、日下が、あわてて、いった。

「まだ、電車の床下を調べていませんよ。爆弾を入れた磁石つきの箱なら、簡単に電車の床下に取りつけられますよ」

「いや、それは無理でしょう。超低床式のグリーンムーバーですから」

と、吉田刑事がいった。

「私と同僚で、グリーンムーバーについて調べてみたんです。五両編成ですが、台車は、三両にしかついていなくて、他の二両は、その三両にぶら下がっている構造だと聞きました。それなら、ぶら下がっている二両の車体の床下に、爆弾を取りつけられるんじゃありませんか」

と、日下が、いった。

「確かにグリーンムーバーの車体は、そうなっています」

と、田中が、いった。しかし、床下に爆弾があるかどうか調べるには、電車を停めなければならない。いくらスピードが遅くても、走行中の車両の床下を調べるのは難しい。八方ふさがりだった。

そうしている間に、高橋の運転するグリーンムーバーは、広電西広島駅に近づいていく。市内線から鉄道線に入ると、線路と道路が独立し、信号もなくなる。そうなると、仮に、電車を自動車にぶつけようとしても、ぶつけようがなくなってしまう。

必死で運転していた高橋は、焦《あせ》りを募らせていた。しかし、なす術《すべ》もなく、電車は広電西広島駅を通過していく。周囲の景色が変ったので、鉄道線に入ったのを実感した。

自動車や自転車が周囲に見えなくなって、二本のレールだけが見える。

高橋は、少しだけだが、ほっとした。信号がなくなったからだ。赤信号の中、警笛を鳴らし、ひやひやしながら、交差点に突入していく必要がない。

残るは、踏切だった。

「ふみきり！」

と、高橋は、田中に向って叫んだ。

終点の宮島口まで、意外に踏切が多いのだ。車はともかく、踏切待ちに焦《じ》れた人が、無理やり渡ろうとすることがある。前方に人がいれば、非常停止せざるを得ないだろう。

田中が、すぐに本社に電話した。それに対して、社長が、

「全ての踏切を閉ざしてしまえ！　誰も立ち入らないよう、社員に踏切を監視させるんだ」

と、叫んだ。

高橋は、制限速度六十キロの軌道線に入っても、時速五キロで走らせていた。

西広島から宮島口まで、一六・一キロ。時速五キロなら、三時間と少しの余裕はある。

本社に集まった社長と幹部たちも、同じ計算をしていた。

部屋の壁には、二号線の路線と、その間の駅が表示されている。だが、走り続けているグリーンムーバーに、どんな指示を与えたらいいのか、判断がつかずにいた。

社長は、顔を紅潮させて、いった。

「運転している高橋君に伝えてくれ。この状況の中で、もし事故を起こしたとしても、会社は、絶対に君をクビにしたりはしない、と」

運転課長が、すぐさま、運転士の高橋に伝えた。

だが、冷酷に時間は過ぎていく。

誰もが、時計を見ないようにしていたが、運転課長が我慢しきれなくなって、

「一時間たちました。今のスピードだと、あと二時間で、終点の宮島口に着きます」

と、いった。

一方、高橋は、別のことに怯えていた。

終点の宮島口に着く前に、犯人の指示通りに、電車を自動車と衝突させなければならない。そうしなければ、爆弾が爆発するかもしれないのだ。

しかし、車が入ってこない専用軌道を走っているので、今度は、車に衝突させて停まることが出来なくなってしまったのだ。

だからといって、途中で電車を停止させたら爆発する。終点の宮島口の駅舎に突っ込んだら、どうなるのか？

広電西広島駅を通過した後も、駅に停車せずに走り抜けるので、地元のテレビ局が怪しんで、ヘリを飛ばしてきた。

新聞社か雑誌社の撮影用だろうか、ドローンも空中に浮いている。

運転している高橋も、広電本社も、広島県警も、次第に追いつめられていった。

まもなくテレビ局の中継車が、宮島線の現場や広電本社に押しかけてくるだろう。

壁に貼った宮島線の路線図に、宮島口までの駅名が並んでいる。駅を通過する度に、社員が駅名に線を引いていた。

草津
草津南
商工センター入口
井口

修大附属鈴峯前

と、駅の名前が消されていく。

社長と幹部社員は、最後の決断をしなければならないのだ。

終点の宮島口駅で爆発させるのは、もっとも愚かな決断だろう。グリーンムーバーの乗客だけでなく、周囲の人間まで巻き込んでしまうことになる。

その手前で、何らかの決断が必要なのだ。

社長は、じっと腕時計を見つめていたが、

「車を一台、用意してくれ」

と、いった。

「その車で、運転の上手《うま》い人間に、急いでグリーンムーバーを追いかけさせてくれ。向うは時速五キロで走っているから、宮島口までの間に追いつけるだろう」

「グリーンムーバーに、ぶつけるんですか？」

「踏切で、衝突させるしかないだろう。可能なかぎり、双方に被害がないように」

「警察に相談しなくて、いいのでしょうか？」

「警察は、ぶつけろとも、ぶつけるなとも、いえないだろう。うちの判断で、やるんだ。乗客の危険を考えたら、これしかない」

「分かりました。すぐ、やります」

と、運転課長が、いった。

反対する者はいなかった。社長の指示以外に、何をしたらいいか、誰も考えつかなかったからである。

幹部の中で一番若い広報課長が、自分で車を運転することになった。

社用車のセダンを運転して、宮島口に向けて走らせる。

社長たちは、じっと連絡を待った。

「今、楽々園で、グリーンムーバーに追いつきました。近くの踏切に入って、待機します。それを運転する高橋に伝えて下さい。なるべく衝撃を小さくしたいですから」

と、広報課長が、携帯電話で知らせて来た。

グリーンムーバーを運転している高橋と、慎重にしめし合わせる。

山陽女子大前駅近くの踏切で、衝突させることに決めた。

その時、何の関係もない人たちを巻き添えにしたくはなかった。そこで、踏切に入るとすぐ、踏切を閉めてしまった。そうしておいて、広報課長は、踏切内の線路上に、社用車を停めた。

視界に、ゆっくり走行するグリーンムーバーの姿が入ってきた。

遠目にも、スピードを落しているのが分かった。課長は、車から逃げるのをやめた。

高橋雄介も、しっかりと、グリーンムーバーを運転してくると思ったからである。もしも、犯人が監視しているとしたら、無人状態の車と衝突したところで、指示に反したといって、爆弾を爆発させるかもしれない。若い高橋が頑張っている中、自分が逃げるわけにはいかない。

運転台の高橋から、前方に踏切が見えた。線路上に、車が一台停止しているのを確認した。

ブレーキをかける。

スピードを時速五キロにおさえているので、簡単に停止すると思ったのだが、そうはいかなかった。

そう簡単には停まらないのだ。

ブレーキをかけ続けながら、五両編成、三十メートル余りの車体は、広島電鉄の社用車に、ぶつかっていった。

爆発はしなかった。

衝突の瞬間、高橋は、運転台から転落した。

グリーンムーバーの車内で、負傷者も何人か出ていた。

あらかじめ手配していた救急車が、現場に集まってきた。

高橋は、衝突の衝撃で、左足を骨折していた。社用車に乗っていた広報課長も、右足と肋骨《ろっこつ》を三本折って、救急車で、近くの病院に運ばれた。

負傷したグリーンムーバーの乗客七人も、救急車で運ばれた。

テレビで状況を見守っていた東京の十津川は、急遽《きゅうきょ》、広島に行くことを決断した。

新幹線の中で、十津川は、日下刑事と北条早苗刑事の二人に、指示を出した。

「広島電鉄の社長に、負傷した高橋雄介を、必ずクビにするように伝えてくれ」

「クビにするように、ですか？　しかし、社長が、何があっても、高橋雄介はクビにしないといっています」

と、日下が、いう。

「それは駄目だ。今は高橋雄介を、クビにしなければならないのだ」

「理由は、どうしますか？」

と、日下が指示を仰ぐ。

「広島電鉄の運転士として、緊急時の対応を間違えた責任がある。それでいい」

「世間は納得するでしょうか？」

「今回の犯人は、何とかして、高橋雄介を広島電鉄から追い出したいんだよ。広島電鉄の運転士でいる間は、広電の人間や警察が、身辺を見守っている。辞めさせて、完全に個人になってしまえば、どこかで隙《すき》を見て、どうにでも出来る。犯人は、そう考えているんだ。しかし、高橋雄介が運転士のままだったら、また同じような事件が起きるだろう。だから、こっちが先手を打って、広島電鉄を辞めさせたいんだよ」

「広島電鉄を辞めさせて、個人になった高橋雄介を、われわれが密《ひそ》かにガードするんですね」

「今、高橋は入院しているんだろう？　新聞やテレビに、今度の事件について、どんなコメントを出しているか、それを確認しておいてくれ。私も、もうすぐ広島へ着く」

十津川が到着すると、広島中央署の若月警部が、迎えに来てくれていた。

すぐにパトカーで、広島電鉄本社に行くことにした。日下と北条早苗の二人の刑事が説得にあたっても、社長は断固として、高橋をクビにしたくないと、いい張っているらしい。

広島電鉄の社長に会って、要望した。

「高橋雄介運転士をクビにして下さい。形だけで、いいんです。緊急時の対応を間違えたという理由で構いません。犯人は、高橋運転士が二十五歳の個人になってしまえば、どうにでも料理できると思っているんです。そこで、まず、高橋を自由にしておいて、身辺を厳重に警戒して、犯人を逮捕します」

と、十津川が、いうと、社長は、

「つまり、高橋君をエサにして、犯人を逮捕する気なんでしょう？　それでは彼が気の毒だし、危険ですよ。ただでさえ、二回も事件に巻き込まれて、甚大《じんだい》なショックを受けているんです」

「そのお気持はよく分かりますが、現状では犯人の目星もついていませんし、逮捕することが難しいんです。高橋運転士が退院して、職場に復帰すれば、また同じような、あるいは、もっとひどい事件が起こりかねません。今は、犯人の要求を呑《の》んだ形にして、どう動くかを見るしかないのです。そうして、必ず犯人を逮捕します」

と、十津川が、いう。

社長が、渋々という顔で、高橋雄介の解雇を決断した。もちろん、事件が解決した暁には、解雇を取り消すという条件付きである。

「入院中の高橋雄介に、護衛をつける必要がありますね」

若月警部が、いう。

そこで十津川は、川口真一郎に親衛隊がいたことを、若月に話した。

「川口の親衛隊は、事実上、解散したことになっていますが、第二の親衛隊が、組織されているような気がするんです。間もなく選挙があります。そこで、川口真一郎の身辺を、きれいにしておく必要がある。そう考えると、入院した高橋雄介が、再び襲われる危険性が、十分にあるんです。彼は、七年前の殺人事件で、何かを見てしまった。私は、そう考えています」

「しかし、政治家の親衛隊というなら、その政治家を尊敬して、応援しようとしているわけでしょう？　殺人に走るのは、あまりに行き過ぎだと思うのですが」

「有力政治家は、いくつかの後援会を持っています。その後援会同士が、功を競うんです。日本は実力社会というより、コネ社会ですよ。特に、政治家とのコネがあれば、日本では得になることが多いのです。

例えば、市民が何かの陳情に、役所に行くとします。窓口で必死にお願いしても、たいていは予算がないとか、人員が足りないとかいって、何もやってくれない。ところが、政治家、特に有力政治家とのコネを作ってから、話をすれば、あっという間に実現してしまうのです。誰かがいったように、突然、神風が吹くのです。だから、誰もが政治家とコネを作りたがる。今、われわれがマークしている川口真一郎は、将来の総理として有望視されていますから、今から彼とコネを作りたいと願う人間が、沢山いるはずです。そういう人間か、あるいは集団が、功を焦った末に引き起こしたのが、今回の事件ではないか。そんな感じがしているのです」

「私は、政治家とのコネなんか、持ちたくありませんがね」

と、若月が、いった。

十津川は微笑した。

「日本人は、コネが好きで、政治家の力を借りるのを、別に悪いことだとは思っていないんですよ。例えば、総理大臣が友人に便宜を図る。当然、マスコミなんかに批判されますが、国民の方は、内心、自分が総理とコネのないことを残念がっている。そんな嫉妬《しっと》心《しん》が、事件を呼ぶ場合もある。私は、そう思っているのです」

「高橋雄介は、また狙われると思いますか？」

若月が聞く。

「それは、川口真一郎の将来性と関係しています。彼に大きな将来性があると信じられれば、彼とのコネを大きくしようと考える人間が、何としても高橋雄介を狙うと思います。それが、幻想だとしても、です」
と、十津川は、いった。

第七章　わが愛する広島電鉄

1

グリーンムーバーと社用車の衝突で負傷し、救急車で運ばれて入院した、七人の乗客。

事故の異様さと衝撃に比べれば、いずれも幸い軽傷だった。その中でも、一番傷の浅かった乗客が退院した。

名前は井本《いもと》じゅり。二十五歳である。彼女は、病院の前から、広島電鉄のグリーンムーバーに乗り、実家のある宮島口まで帰ることにした。

彼女は、いつも通勤に、広島電鉄を利用していた。彼女の勤めている会社は、広島駅の近くにあり、自宅アパートも宮島線の沿線にある。毎朝、宮島線に乗って行き、終業後は同じ経路で帰ってくるのであった。

今日は会社から休暇を与えられているので、実家に帰って、ゆっくり休める。事故に巻き込まれたばかりだが、不思議と広島電鉄に対して、恐怖心はなかった。明日からまた、広島電鉄を使った通勤が再開されるとしても、問題はないだろう。

「今日退院する」と電話してあったので、今夜は、両親が盛大に快気祝いをしてくれるはずだ。彼女が微笑しながら、時折、外の景色を見ていたのは、傷が治った喜びと、今夜の盛大な快気祝いへの期待からだった。

彼女が広島電鉄に乗ったのは、昼近くだったので、車内は空《す》いていた。観光客もまばらで、彼女に注意を払う者はいなかった。事故が起きた当初は、ニュースでも大きな扱いだったが、入院した乗客が、いずれも軽傷だったことがわかると、マスコミ報道もすぐに小さくなり、広島の街全体にも平穏が戻ってきていた。

彼女の乗ったグリーンムーバーが、終点の宮島口に到着した。乗客たちが降りて行く。

しかし、井本じゅりは、座席に座ったまま、動かなかった。運転士がやって来て、彼女に声を掛けたが、反応がない。

その時になって、運転士はやっと、事態の異常さに気付いた。今度は彼女の体を揺すってみたが、二十五歳の井本じゅりの身体《からだ》は、力なくゆっくりと、床に倒れていった。

運転士は、すぐに駅員を呼び、それから警察と本社に電話した。

検視の結果、青酸中毒死の可能性が高いとされた。彼女の遺体は、司法解剖のために、大学病院に送られた。

広島県警の捜査本部は、まだ解散していなかった。県警の刑事たちは、井本じゅりの死が、一連の事件と繫《つな》がっているのかどうか、判断できずにいた。

司法解剖の結果、彼女の死は、青酸中毒死と断定された。胃の中から、コーヒーの成分が発見されたことから、青酸カリを注入された缶コーヒーを飲み、そして死亡したと思われた。

彼女がグリーンムーバーの車中で、若い男と話していた、と証言する乗客が現れた。

車内から、青酸カリが混じったコーヒーの缶も発見されたが、犯人のものと思われる指紋は検出されなかった。

広島県警では、ほぼ殺人事件と断定していたが、自殺の線も全くないとは言い切れないため、マスコミには、他殺の可能性を考慮して慎重に捜査している、と発表した。

東京では、警視庁捜査一課の十津川が、この事件に注目した。しかし広島県警の捜査本部は、まだ、井本じゅりの青酸中毒死が、一連の事件と関係があるかどうかを発表していなかった。

十津川は、関係があると確信した。もちろん、東京にいる十津川に、関係の有無が分かるはずはない。刑事としての勘である。そして、もう一度、広島へ行かなければならない、と十津川は覚悟した。

その一週間後。さらなる事件が起きた。広島電鉄と自動車の衝突事故以来、運転士の高橋雄介は、左足骨折で入院していた。あと一週間の入院、加療が必要と、医者はいっていたのだが、その高橋雄介が、突然病院から、姿を消してしまったのである。

高橋は、乗客の七人とは別の病院の、それも個室に収容されていた。広島県警の刑事たちが、事情聴取をしやすくするための措置だった。事情聴取も、ほぼ終わって、個室も静かになり、やっと治療に専念できるようになっていた。

そんな時に、突然高橋が、病室から消えてしまったのである。

その後の捜査で、高橋雄介は、どうやら誘い出されたらしいと分かってきた。彼が入院した病院の名前は伏せられていたが、看護師の話によれば、高橋は携帯で、何回かどこかに電話していた。また、着信もあったらしい。となると、理由もなく姿を消したのではなく、犯人に呼び出されたのではないか。そう考えざるを得なかった。

残念なことに、高橋を担当した看護師のうち一人が、現在、旅行中で連絡が取れず、話が聞けなかった。

もちろん、高橋が失踪《しっそう》したことは、新聞でもテレビでも報じられなかった。しかし、広島県警は、事件に関係ありとして、警視庁に連絡したので、十津川と亀井は急遽《きゅうきょ》、飛行機を使って、広島にやって来た。

十津川を迎えたのは、県警の福井《ふくい》警部と広島中央署の若月警部である。

「高橋雄介が、犯人におびき出された、というのは本当ですか?」

まず、十津川が聞いた。

「病院の看護師や医師の証言を総合すると、間違いないようです。高橋の携帯に、外から何度か電話が掛かって来た。その夜半に、病院を抜け出していますから、何者かに誘い出されたと見て、間違いないと思われます」

と、福井が、いった。

「しかし、何かあったら、警察に連絡するように、いってあったんじゃないんですか？」

「もちろん、そのように要請をしていました」

「それなのに、なぜ、警察に何の連絡もなく、姿を消してしまったんですかね？」

「犯人に脅されたのではないでしょうか」

「どんな脅しが考えられますか？」

「先日の事故で負傷して、病院に運ばれた乗客は七人です。そのうちの一人が、退院した日に、毒殺されました」

「事件については、われわれも注目していました。一連の事件の犯人と、同一人物の犯行ではないかと思いましたが、動機が分からなかった」

十津川は、正直に、いった。

「こちらでも、分かりませんでした。その後、高橋雄介が姿を消したことで、二十五歳のOLが殺された理由が、見えてきたような気がします」

「脅しに使った？」

「そうです。多分、犯人はこういって、高橋を脅したんだと思うのです。二十五歳のOLが死んだのは、お前の責任だ。お前がグリーンムーバーで事故を起こしたので、そのOLは、顔に傷を負ってしまった。退院はしたが、傷痕《きずあと》が残るかもしれない。彼女は、それを苦に自殺したんだ。入院している他の乗客も、これから次々に死ぬかもしれないぞ。責任を感じるなら、こちらのいう通りにしろ。断るなら、また広電で事件を起こす——と、こんな風に脅したのではないかと、推理したわけです」

「なるほど。新聞では、他殺と断定されてはいませんでしたから、高橋が、この脅しを真に受けた可能性はありますね」

「問題は、犯人が高橋を病院から逃げ出させて、何をやらせようとしているのか。そのところです」

「警視庁としては、七年前に長野県渋温泉で発生した殺人事件で、高橋が何かを目撃したと見ています。それが、犯人にとっては、命取りになりかねない。高橋は自覚していなくても、犯人は、そう考えているのでしょう。例えば、川口真一郎が関わっていた場合、それが公《おおやけ》になれば、政治家としては致命傷になる。だから、高橋の口封じを考えているのではないか。この推理は、今も生きています」

「最初に、高橋雄介を殴って、怪我《けが》をさせた。あれも口封じのための脅しで、しかし、その後も、捜査が沈静化しないので、グリーンムーバーへの脅迫事件を起こし、さらに、また今回、高橋を狙《ねら》っているということでしょうか」

と、福井が聞いた。十津川は、

「私は、そう考えています。ですが、そもそも渋温泉で、高橋が何を目撃したのか。また、それが七年を経て、なぜ問題になってきたのか。そこがまだ、はっきりしていません。何とかして、その答えに辿《たど》りつかないと、犯人の姿さえ、摑《つか》めないままなのです」

と、ため息をついた。

「十津川さんは、七年前に高橋が何を目撃したか、想像はついていますか？」

「長野県渋温泉では、八月の花火大会の夜に、右翼系新聞の記者、奥村不二夫が殺されました。現在、政権で経産大臣を務める川口真一郎を訪ねてきていたことから、川口大臣も事情を聞かれました。彼の私設秘書の小野寺ゆみも、同様でした。この時、高校三年で、旅館のアルバイトをしていた高橋雄介は、何かを目撃したに違いないのです」

「手掛りは、何もないのですか？」

「ひとつ、気になっていることがあります。長野県警の島木警部が、いっていたのですが、花火大会の夜に、殺された奥村と、誰か若い男が話をしていた。それを高橋雄介が見たというのです。しかし、その若い男は、高橋の全く知らない男で、人相も、うまく説明できませんでした。第一、その若い男が、殺人事件と関係があるかどうかも分からないのです」

「その島木警部から、もっと詳しい話は聞けないのでしょうか」

「残念ながら、島木警部は殺されてしまいました。私が話を聞いた翌朝です。それだけに、高橋雄介が花火大会で見たという若い男が、私は気になって仕方ないのです」

「島木警部も、十津川さんとの話で、この若い男のことが気になってきた。それで、関係者に当たりはじめたところ、その動きが、犯人側に伝わってしまった。それで島木警部まで殺されることになったと、十津川さんは考えているのですか？」

「そうです。考えたくはないのですが、そのように思えて仕方ないのです」

と、十津川は、いった。福井も、ため息をついて、

「その花火大会の男については、今から探すにしても、とっかかりがなさそうですね。高橋雄介も、自由の身でいるのか、それとも犯人に捕らわれてしまっているのか、それさえも分かりません」

と、いった。

十津川にも、分からない。ただ、高橋雄介は、これまでに二度、犯人に酷《ひど》い目に遭わされている。そんなに簡単に、犯人におびき出されて殺されたりはしないのではないか。そう考えようと努めていた。

高橋の行方が摑めない一方で、新たな発見があった。

小野寺ゆみの、腹違いの兄の存在だった。

名前は、小野寺功《いさお》である。これは戸籍上の名前で、普段は、母方の姓を使って、佐々木《ささき》功と名乗っているという。

小野寺ゆみに兄がいることは、ほとんど知られていなかった。それは、功が、小学校の時からサッカーに熱中し、中学生でブラジルへ留学し、滅多に日本に帰ってくることがなかったからである。小野寺ゆみが、両親の遺産を、ひとりで相続したという噂《うわさ》が出たのも、この兄の存在が知られていなかったからに違いない。

功は、ブラジルのサッカースクールから、優秀な成績で、プロチームの下部組織に入り、トップチーム入りを目指していた。

その間、功は、一度も帰国しなかった。

だが、故障をしたために、プロを断念し、七年前に帰国した。

川口真一郎と小野寺ゆみが、長野県の渋温泉に泊った年である。

この時、功は妹に会いに、渋温泉に行ったことが分かってきた。

そして、渋温泉の事件以降、功は、川口真一郎のコネで、九州のプロサッカーチームに入団している。二部リーグだが、チームは、その後、一部リーグに昇格している。

功も数試合出場したが、やはり力が不足していたのか、昇格した二年目に、退団していた。

その後の行方を調べると、現在、川口真一郎の運転手をしていることが分かった。

小学校時代から、サッカーをやっていただけに、がっしりした体軀《たいく》だという。

ただ、小野寺ゆみも功も、自分たちが兄妹であることを黙っているので、川口の周辺でも、二人が兄妹であることを知らない人も多かった。

もう一つ、十津川が、福井警部から知らされたのは、殺された奥村不二夫が働いていた、右翼系新聞『日本ＮＯＷ』の動きだった。

この新聞社の社長の竹田は、川口真一郎を次期総理総裁と見て、紙面で持ち上げてきたのだが、ここにきて、川口の方が冷たくなってきたという。多分、右翼系新聞と親しくするのは、出世の邪魔になる。そう考えて、距離を置くようにしたのだろうが、竹田の方は腹を立てた。

「だから竹田は、川口真一郎のことや私設秘書の小野寺ゆみのことで、表に出てこない話を、いろいろと教えてくれるんです」

と、福井警部が、いうので、十津川が聞いた。

「現在、川口真一郎のために動いている人間が誰なのか、ご存じですか？」

「それは知りませんが、小野寺ゆみの兄は、運転手というよりも、用心棒だというのです。竹田社長が、そういっていました」

この時、福井警部が手にしていた小野寺功の写真を見て、十津川は、確かに運転手よりも、用心棒のほうが似合っていると思ったのだった。

ただ、小野寺ゆみと功は、兄妹にしては、あまり似ていなかった。

「もし、高橋雄介が、誘い出されたとすると、犯人は、この小野寺ゆみの兄でしょうか？」

亀井が、福井に聞いた。

「その可能性はありますね。現在、川口真一郎は、忙しくて動けませんから、小野寺兄妹が動いたと考えるほうが、自然でしょう」

「しかし、なぜ今、犯人は、高橋雄介を病院から誘い出したんでしょうか？　警察が取り調べをしたばかりですし、大胆なやり方に思えます」

広島中央署の若月警部が、首をかしげる。

十津川が、自分の考えを、いった。

「犯人は焦《あせ》っているんです。七年前の渋温泉で、高橋雄介は、犯人にとって、都合のわるいものを目撃してしまった。おそらく、それは花火大会の夜に、殺された奥村不二夫と話していた若い男のことです。高橋本人は、それが重要なことだとは気付いていないし、その若い男の顔も、よく思い出せないのでしょう。しかし、もし何かの拍子に思い出したりしたら、それが川口真一郎にとっては、大変なリスクになってくる。何といっても、川口真一郎は、このままいけば数年で、総理大臣になる可能性がある、といわれています。その時に備えて、川口や、その周辺の人間が、今のうちに、過去の傷をきれいにしておこうと考えたのかも知れません」

「それで、警察の取り調べを受けたばかりの高橋雄介を、急いでおびき出したのですね」

「そうです。われわれが、花火大会で目撃した男のことを尋ねたりすれば、高橋雄介が、何かを思い出すかもしれない。そう考えて、焦った犯人が、彼を誘い出したんだと思います」

十津川は、確信を持って答えた。

「それで、今、高橋雄介は、どこでどうしていると、十津川さんは考えていますか？」

「二度も大変な事件に巻き込まれて、高橋雄介も慎重になっていると思います。そう簡単に、犯人の手に落ちるとは考えられません。おそらく犯人は、高橋運転士が、ど

うしても断れない場所におびき出して、消そうとしている。私は、そう考えていま
す」

2

この日、広島県警本部で、捜査会議が開かれ、十津川と亀井、若月も、オブザーバ
ーとして同席した。

まず、県警の福井警部が、現在わかっていることを報告した。

「高橋運転士の失踪は、明らかに犯人によって、おびき出されたものと考えられます。広島電鉄の衝突事故では、乗客七人が軽い怪我をして、入院していました。その一人、井本じゅり二十五歳が、退院直後に、広島電鉄の車内で、青酸カリ入りの缶コーヒーを飲んで、死亡しました。これは、高橋運転士を誘い出すための布石だったと、考えられるのです。つまり、お前のせいで、怪我人が出て、一人は退院直後に自殺した。全《すべ》てお前の責任だ。こちらのいう通りにしなければ、また新たな事件が起きて、さらなる被害者が出るだろう、そのようにいわれて、高橋運転士は、病院から、ひそかに抜け出したと考えられるのです」

福井警部の見立てに、異論が出る気配はなかった。

「高橋運転士が、現在、どこにいるかはわかりません。犯人の指示に従って、殺されたり、新たな事件に加担させられる前に、何としてでも見つけ出したい。これは、警視庁の十津川警部とも話し合ったことですが、今回の一連の事件は、七年前に起きた長野県渋温泉での殺人事件と、強く関連しています。高橋運転士は、その事件の証人の一人なのです。今回の事件の犯人は、即《すなわ》ち七年前の犯人でもあり、高橋運転士が真相に気付く前に、口を封じてしまおうと、彼を誘い出したのです」

次に、県警本部長が、口を開いた。

「今回の事件に、川口真一郎が関係している。君は、それを信じているのか？」

大物政治家の名前が出て、捜査会議が一転して騒々しくなった。福井警部がいう。

「これは、間違いなく七年前の事件と関連があります。ということは、その事件の渦《か》中《ちゅう》にいた川口大臣と、無関係ではないでしょう。川口大臣自身が関係している可能性もありますが、彼が直接、手を下しているとは思えません。おそらく、彼を次期総理に担《かつ》ぎ上げようとしている支持者、川口真一郎とコネを作りたい人間が、代わりに動いているのだと思っています。特に注目しているのが、私設秘書の小野寺ゆみです。その兄の小野寺功も、新たに捜査線上に浮かんできました。小野寺兄妹が、今回の事件、そして、七年前の事件に関与している。そう考えられています」

本部長が、

「相手は政治家だ。それも、次期総理が有望視されている、政権与党の大物である。簡単に、川口真一郎を殺人事件に関わっていると断定するのは危険だ。したがって、川口真一郎本人と、その周辺を調べる時は、慎重の上にも、慎重を期して欲しい」

と、釘《くぎ》を刺した。

最後に、十津川が発言した。

「七年前に渋温泉で起きた殺人事件については、事件の概要を記した文書と、関係者の写真を、皆さんに配布しました。

私が気になっているのは、川口真一郎の私設秘書、小野寺ゆみの兄、小野寺功です。

川口真一郎の親衛隊にいた、渡辺義男という男が、東京の中野で殺されています。仇名《あだな》をムサシといい、やはり親衛隊にいたコジロウという仇名の男と組んで、犯罪に近い、危険な行動に手を染めていたようです。

このコジロウという男の本名は、分かっていませんが、渡辺は、この男をコウと呼んだことがある。そういう証言があります。

小野寺功を、コウと呼ぶのは、割合に自然に感じられます。それに、小野寺功は、普段は母方の姓の、佐々木功を名乗っていたといいます。つまり、佐々木コジロウです。

小野寺功は、川口真一郎の運転手や用心棒をやっているといわれていますが、その一方で、親衛隊の中で、乱暴なことをやらせて、しかも後で尻尾《しっぽ》切りできるような男を見つけて、裏の危険な仕事に引っぱりこむ役目も負っていたのではないか。私は、そう考えているのです」

「つまり、十津川警部は、最初に高橋雄介を襲った二人組は、その渡辺義男と小野寺功だったと考えているのですか？」

福井警部が聞くと、十津川は、うなずいた。

「その通りです。そして、われわれが渡辺に接触しようとしたのを知って、渡辺の口も封じたのです。

それだけではありません。高橋運転士が襲われるきっかけになったのは、グリーンムーバーの速度超過という不祥事でした。並走する白のベンツに、小野寺ゆみの顔を認めたために、スピードを上げて、ベンツを追いかけてしまい、地元新聞の記事になってしまった。それが、現在の一連の事件の発端です。

白のベンツには、運転席に小野寺ゆみ、後部座席に川口真一郎が乗っていました。

若月警部、あの時に監視カメラに写っていた写真を、皆さんに見せてもらえますか？」

若月警部が、捜査ファイルから写真を取り出して、ボードに貼《は》り出した。十津川は、

「この車には、もう一人、助手席に、がっしりした男が乗っています。カメラの角度の関係で、顔はよく見えませんが、この男が小野寺功だと思われるのです。

小野寺功は、運転手というより、用心棒だという人もいます。ですから、小野寺ゆみがハンドルを握って、小野寺功が、助手席で何か起きた時に備えているのは、自然なことです。そして、七年前の花火大会の夜に、殺された奥村不二夫と話していた若い男が、この小野寺功だったのではないか。私は、そう考えているのです」

と、いった。福井警部が、不思議そうな顔をした。

「しかし、それを見ていたはずの高橋運転士は、小野寺功のことは、何もいっていませんよ。十津川警部が推理しているように、渋温泉の事件当時、高校三年生だった高橋雄介が、花火大会の夜に、殺された奥村と話をしていた男の顔を見ていたとしたら、この白のベンツを見かけて追いかけた時に、その男のことを思い出して、われわれに話すのではないですか？」

「その通りです。すなわち、考えられるのは、ただ一つ。グリーンムーバーを運転し

ていた高橋運転士の視角からも、監視カメラと同様に、助手席の男の顔は、よく見えなかったのです。だから、小野寺ゆみのことは話しても、その男のことは、何も話さなかった。

ただ、問題は、小野寺ゆみと功は、それを知らないということです。グリーンムーバーの運転台からは、ベンツの助手席は、よく見えなかった。それを彼らは知りません。だから、当然、功の顔を見られてしまったと考えます。そうなると、いつ高橋運転士が、助手席の男と花火大会の男が同一人物だと、思い出すか分かりません。

そこが繋がると、七年前の殺人事件と、川口真一郎が繋がってしまうのです。七年前の事件で、手を下したのは川口真一郎でなくても、その私設秘書の兄が、犯行に関わっていたとなれば、責任が問われることは間違いありません。

だから、今、小野寺兄妹は、高橋運転士の口を封じようと焦っているはずです。この二人の写真は、皆さんに配布されています。何とかして、この二人の行動を把握し、高橋雄介を見つけ出しましょう」

3

捜査会議の後、福井警部と若月警部、そして、十津川、亀井で、今後の捜査方針について話し合った。広島電鉄の運転課長にも、加わってもらうことにした。また広電の車両が、狙われるかもしれないからである。高橋運転士の性格を、よく知っている立場でもある。

十津川の推理で、事件全体の構図は見えてきたが、具体的に、高橋雄介を、どうやって見つけだしたらいいか、それを考えなくてはならない。おそらく高橋は、警察に連絡を取れば、また広電で大きな事件が起きると、犯人から脅されているのだろう。

「犯人たちが、おびき出そうとした場合、警戒している高橋運転士が、どうしても行かざるを得ない場所は、どこでしょうか？」

と、十津川が聞いた。

「この間の事故の後、彼は形の上では解雇されましたが、広島電鉄の社長も、事件が解決したら解雇は取り消すといっていますし、本人の気持ちは、広島電鉄の運転士のままでしょう。広電の運転台に来い、さもないと、また大きな事故が起こるぞ、と、そんな風に脅されれば、身の危険も顧みずに現れるのではないですか」

と、運転課長が、いった。

「その場で、犯人は、高橋運転士を殺害しようとしているのかもしれませんね」

「しかし、どうやって、運転台にいる高橋を殺そうとしているのでしょうか。また、乗客が乗っている電車を爆破しようとすれば、彼は何が何でも、それを阻止しようとしますよ。彼は広島電鉄が好きだし、運転士としての責任感が強い男ですから」

と、運転課長が、いう。

「広島電鉄には、車両基地がありますよね。そこに忍び込んで、誰も乗っていない車両を運転して、出動することは可能ですか？」

福井警部が、運転課長に聞いた。

「不可能ではありませんが、なぜ、そんなことを、犯人が高橋にさせるんですか？」

「確かに、乗客が乗っている電車で、事故を起こすような真似《まね》は、何といわれても、そ高橋運転士は拒否するでしょう。しかし、空の電車なら、犯人に脅かされれば、その指示に従うかもしれません。断れば今度こそ、乗客が乗った電車で事故が起きる。そのように、犯人が脅してきたら、空の車両を運転するかもしれません」

「どうしても気になるのは、先日の事件です。犯人は、グリーンムーバーを運転していた高橋運転士を脅して、事故を起こさせようとしました。停まれば、列車に仕掛けた爆弾が爆発する。脅迫状には、そうありましたが、実際には、その爆弾は仕掛けられていなかった。あれは、今回の予行演習とは考えられませんか？」

若月警部が、いった。

「しかし、高橋雄介は、現在、広島電鉄の車両を運転するシフトから外されています。従って、時刻表に載っている電車を、彼が運転することは出来ません」

と、運転課長が、いう。

「そうなると、やはり、彼が運転出来るのは、誰も乗っていない車両ですね。それは、可能だと思いますか？」

「車両基地に停車している電車を、空のまま運転するのは、不可能ではありません。何といっても、高橋は、広島電鉄の運転士ですから」

運転課長が答えた時、彼の携帯電話が鳴った。広島電鉄の車両基地から、回送表示のグリーンムーバーが動き出し、二号線を、宮島口方面に向かっているという知らせだった。乗っているのは、運転士一人だけで、乗客は乗せていない。

その運転士は高橋雄介のように見えるというので、十津川たちは色めき立った。

4

捜査本部にいた刑事たちは、一斉に飛び出して行った。十津川と亀井も続いた。

パトカーで現場に急ぐ。

高橋雄介の運転する回送列車は、この間の事故の時と同じように、ゆっくりと走っている。信号に来れば停まる。停留場では、停まらずに素通りする。前の事故では、電車が停まれば爆発すると、犯人は脅していたが、今回は、そういう指示はないようだ。

十津川たちは、パトカーで回送列車を追いかけ、電車が信号で停車した瞬間に、ドアをこじ開けて、車内に入っていった。

五両連結の車両である。列車には、高橋以外、誰も乗っていない。その一両目に、刑事たちは集まった。危険を承知で、運転課長も同行してくれた。電車の構造など、専門家に聞かなければならないこともあるからだった。

十津川が、高橋に話しかける。高橋は黙ったまま、ポケットから携帯を取り出して、刑事たちに手渡した。

十津川たちが乗り込んですぐ、広島県警の爆発物処理班も乗り込んで来た。彼らが、五両連結のグリーンムーバーを、一両ずつ調べていく。

「不審な物体はありません」

と、班長が報告した。十津川は、今回も犯人は、この五両編成の電車に、爆発物は取り付けていないのだと思った。何か別の方法で、高橋雄介を殺そうとしているのだ。

その高橋雄介の様子がおかしい。何を問いかけても、口を噤《つぐ》んだままで、運転席から動こうとしない。

手渡された携帯を確認すると、男の声の録音が、いくつか残されていた。

「お前のせいで、七人の負傷者が出て、入院した。その責任は、お前にある」

「その内の一人が退院した。彼女は青酸カリ入りのコーヒーを飲んで死んだ。その責任も、お前にある。今後、お前が、こちらの言う通りに動かなければ、また新たな事故が、広島電鉄で起きる。今度は、死者が何人も出るような事故になる。警察に通報した場合も同じだ。その責任は、お前にある」

そして、犯人の指示が続く。

「病院から、誰にも気付かれることなく脱走し、次の連絡を待て」

「脱走したら、車両基地に行け。誰にも見られないように、回送列車を運転して、終点の宮島口へ向かえ。途中で、また指示を携帯で伝える」

これが、高橋の携帯に入っていた、犯人の声の全てだった。

「おかしいな」

と、電車の中で、十津川が呟《つぶや》く。

「何がですか？」

　福井警部が聞く。

「犯人にとって、高橋雄介は絶対に消したい人間のはずです。それなのに、回送列車に乗れと命じながら、その中に爆発物は仕掛けていない。しかも、信号で停まっても、文句をいわない。私たち警察が乗り込んできているのに、です」

「電車の中に爆発物がなければ、軌道上にあるのかもしれません。きっと、どこかに仕掛けてある」

　と、福井が、いった。

「そうですね。その危険がある」

「すぐ連絡しますよ」

　と、福井がいい、自分の携帯で広島電鉄本社を呼び出した。そして、宮島口までの線路上に、爆発物が仕掛けられている可能性を伝えた。

　広島電鉄の社員たちが、一斉に出動した。それに、広島県警本部と広島中央署も協力した。不審な物があれば、すぐに爆発物処理班が急行する態勢である。

　だが、軌道上に、爆発物は見つからなかった。

　その報告を受けた十津川は、安堵《あんど》するどころか、不安が大きくなっていくのを感じた。

川口真一郎が総理になるためには、高橋雄介は、危険で邪魔な存在なのだ。少なくとも、彼らは、そう信じているはずだ。

だからこそ、高橋雄介を病院から脱走させ、回送列車を運転して、車両基地を出発させたのだ。

それなのになぜ、爆発物が見つからないのだろうか？

他の方法で、高橋を殺そうと考えているのだろうか？

十津川は東京に電話して、川口真一郎の動きを調べるように、頼んでおいた。

川口は、こちらと連動して動くはずだと思ったからである。

十津川の予想どおり、東京から、川口の動きが伝えられた。

経産大臣の川口真一郎は、外務大臣とともに、日米通商会議に出席する予定があり、今朝早く、成田空港から日航機で出発したというのである。

アメリカとの二国間自由貿易協定を、まとめるためだという。川口経産大臣の訪米は、前々から予定されていたことだというが、十津川は、

（アリバイ作りか？）

と、思った。

それから、もう一つ、調べておかなくてはならないことがあった。

「秘書の小野寺ゆみが、訪米に同行しているかどうか、調べてくれ」

と、頼んだ。

返事は、すぐに来た。

「川口経産大臣に同行している秘書は、五人いますが、小野寺ゆみは含まれていません」

十津川は、その報告を聞きながら、回送電車を運転している、高橋を見つめていた。

川口真一郎と秘書の小野寺ゆみは、十津川の知る限り、いつも一緒だった。男女の関係もあるとすれば、一心同体といってもいいかもしれない。

その川口が、重要な会議のために、渡米するのだ。当然、小野寺ゆみも同行するはずである。その姿がないということは、何を意味するのか。日本にとどまり、もっと大事なことをするために違いない。他には考えられない。

（とすれば――）

彼女は、この広島に来ているはずだった。

兄の小野寺功も、ここにいるだろう。高橋の携帯電話に入っていたメッセージは、男の声だった。

（川口真一郎の渡米はアリバイ作りで、その間に、高橋雄介を殺すつもりなのだろう）

しかし、どうやって殺すつもりなのか？

（途中で犯人が乗り込んできて、高橋を殺すというのか？　この警備の中を？）

五両連結のグリーンムーバーに、今乗っているのは、高橋雄介に加えて、十津川たちだけだ。犯人が一人や二人で乗り込んで来ても、逆に取り押さえられるだけだろう。

電車は、広電西広島駅から、専用軌道に入った。

何も起きない。

いつもなら、ここから先は時速四十キロから、時速六十キロに上げるのだが、今日は、時速二十キロから三十キロの、ゆっくりしたスピードで走っている。

専用軌道に入ると、駅に着く度に、高橋は電車を停めた。信号の代わりということだろうか。

もちろん、誰も乗って来ない。回送と表示されていることもあるが、おそらく広島電鉄が、路線を封鎖して、運休にしているのだ。

（どうなっているんだ？）

十津川は考えてしまった。

福井警部や若月警部も、ただ運転席で沈黙を続ける、高橋雄介を見守るだけである。

高橋の携帯は、十津川が預ったままだが、犯人からの指示は入って来ない。

「このまま、何事もなく、終点の宮島口に着いてしまうんだろうか？」

十津川が、いう。

「そこに、犯人が待ち構えていて、降りてくる高橋雄介を、狙撃《そげき》でもするつもりでしょうか？」

と、亀井が、いった。

「それなら、もっと早く撃っているはずだ。高橋が回送電車に乗り込む時に、撃ってもいい」

と、十津川が、いう。

会話が空転していた。

「警部。高橋雄介の服！」

と、急に亀井が、いった。

5

「服が、どうした？」

「服ですよ！　制服！　高橋雄介は入院していたわけでしょう。病院では、パジャマだった。広島電鉄の制服は、会社に預けてきたはずです。形の上だけとはいえ、解雇されている立場ですから。それなのに、高橋は今、広島電鉄の制服を着ています」

と、亀井が、いう。

「誰かが、着せたんだ」

「広島電鉄の制服は、各人がロッカーにしまっていますし、高橋のロッカーに制服が入っていたことは、今朝、確認しています」

刑事たちの話に、運転課長が敏感に反応した。さらに、

「違いますね」

と、いった。

「何が違うんですか？」

「よく似ていますが、広島電鉄の運転士の制服じゃありません。色が微妙に違います」

「どういうことだ？」

「救急車を呼んでくれ！」

突然、十津川が叫んだ。

十津川の叫びを待っていたかのように、運転席の高橋の身体が、ゆっくりと、前後に揺れはじめた。徐々に激しくなり、ふいに、高橋の身体が、運転席で崩れ落ちた。

電車が停った。

高橋は倒れたままだ。

高橋は、ずっとゆっくりとしたスピードで、回送電車を走らせていたが、ゆっくり走りたかったのではなく、身体に力が入らなかったせいなのかもしれない。何を聞いても答えなかったのも、舌がしびれていたのか。

前方の踏切に、救急車が到着した。救急隊員が、電車に乗り込んで来る。十津川が覗《のぞ》き込むと、高橋雄介は、目をつぶり、顔は土気色になっている。

救急隊員は、すぐに酸素吸入をさせて、救急車に運んで行った。救急車に乗り込むと、サイレンを鳴らして、走り去って行く。十津川たちも、その後を追った。

運ばれた救急病院では、これから緊急処置を行うといわれた。十津川たちは、ＩＣＵには入っていけない。十津川は亀井に、この病院に残っているように指示してから、高橋雄介が、それまで入院していた病院に向かった。そこで、改めて医者と看護師に会って、話を聞いた。高橋雄介の身に何が起こったのか、手掛りが得られないかと考えたのだ。

すると、旅行中で話が聞けなかった看護師が、ちょうど出てきていて、高橋が失踪する直前、女性が面会に来たと証言した。

「どんな女性ですか？」

十津川が聞いた。

「三十歳くらいの、落ち着いた感じの女性ですよ」

「名前は？」

「高橋ハルミとおっしゃって、患者の高橋さんの親戚《しんせき》の方だと、いってました」

と、看護師は、いう。

親戚にも、高橋雄介の入院先は、知らされていないはずだった。

そこで十津川は、一枚の写真を、看護師に見せた。

「この女性じゃありませんか？」

「ええ、この人だと思います。眼鏡を掛けていたので、断定はできませんけど」

と、いった。十津川が見せたのは、小野寺ゆみの写真だった。

そこに、亀井刑事から、連絡が入った。

「高橋雄介ですが、危篤《きとく》状態で緊急処置を行いましたが、今後の安否は不明だそうです」

「何があったんだ？」

と、十津川が聞いた。

「医者の話では、毒物を塗った服を着せられていて、毒物が、次第に高橋雄介の皮膚から浸透していったと。毒物の成分は、科捜研で分析してもらいます」

と、亀井が答える。

「どうやら犯人は、小野寺ゆみらしい。もし、そちらに現われたら、すぐに確保してくれ」

と、十津川が、いった。

翌日、小野寺ゆみが、広島中央署に出頭した。知らせを受けて、十津川と亀井も、広島中央署に駆け付けた。

小野寺ゆみは、広島中央署の若月警部と県警本部の福井警部の二人から、事情聴取を受けていた。十津川たちも、それに立ち会わせてもらった。

二人の警部の質問に対して、小野寺ゆみは、ほとんど何も答えず、

「高橋雄介さんは、どうなりました？」

と、それだけいう。

「そんなに心配ですか？」

と、福井警部が聞く。

「結果を知りたいんです」

「重体だよ。それで、安心か」

「わかりません」

と、ゆみが、いう。

何時間か過ぎたが、高橋雄介の重体は変わらない。

「これで、満足ですか？」

と、十津川が聞いた。

「この事件に、川口先生は、全く関係ありません。全て、私が勝手にやったことです」

と、少し改まった顔で、小野寺ゆみが、口を開いた。

「君の兄さんは、どうしたんだ？　入院していた高橋雄介に、男の声でいろいろと指図した。あれは、君の兄さんじゃないのか」

「兄は、気が小さいんです。ただ、私のいう通りに、電話しただけです。兄も、今回の事件とは、関係ありません」

「君一人でやったことだと、いいたいのか？」

若月警部が聞いた。

「その通りです。先ほどから、そういっています」

「七年前のことを聞きたい」

十津川が口を挟んだ。

「長野県の渋温泉で、『日本ＮＯＷ』の記者の奥村不二夫を殺したのは、誰なんだ。君の兄さんか？」

「兄に、そんな勇気はありません。兄が、渋温泉の林の中に、奥村不二夫を連れていって、私が殴って殺したんです。ですから、兄は、何の役にも立っていません」

小野寺ゆみが繰り返す。

「そんなに、川口真一郎を総理にしたいんですか？」

十津川が聞いた。

「川口先生は、総理になるべき人なんです。ですから、先生を邪魔するような人間は、許せないんです」

「その第一が、渋温泉にやって来た、奥村不二夫だというわけですか？」

「ああいう人は、日本の政治にとって、害悪でしかありません」

「高橋雄介は、七年前、渋温泉で何を見たんだ？」

と、十津川が聞いた。

「花火大会を観《み》ていた奥村不二夫に、兄が話しかけるところを見られたんです。その時、兄は、事件の外にいました。渋温泉では、誰も兄の顔を知らないし、もし高橋雄介が顔を覚えていたとしても、兄には動機もなく、身元が分かるはずはありません」

「だから、安心していたんだね」

と、十津川が、いうと、ゆみは、うなずいた。

「あなたは、川口真一郎の秘書になって、何年になるんですか？」

と、少し間を置いて、十津川が聞いた。

「ずいぶん昔から、先生の秘書をやってきました。その頃から、この先生は、将来、日本の総理大臣になる人だ。日本のために、立派な仕事をする人だ。そう思って、私は今まで、先生に仕えてきました。それが今年になって、やっと総理への道が見えてきて、ようやく報われたと喜んでいました。だから、そんな先生を邪魔するような人は、絶対に許せないのです」

と、ゆみが繰り返した。

「確認したいんだが」

と、福井警部が、いった。

「入院していた高橋雄介を脅して、病院から脱走させ、毒物を染《し》み込ませておいた服を着せた。広島電鉄の制服に似た服だ。そうやって殺そうとしたのは、君なんだね？」

「ええ。私です」

「しかし、高橋を病院から誘い出したのは、男の声だ」

「それは、兄に頼んだんです。何度もいいますが、兄は気が小さくて、人なんか殺せないんです。仕方がないから、声だけを利用しました」

「今、君の兄さんは、どこにいるんだ？」

「わかりません」

「最初に、高橋雄介を襲ったのは、何のためだったんだね？」

と、十津川が聞いた。

「広島の地元新聞で、広島電鉄の運転士が、規則違反の速度超過で処分されたという記事を見ました。広島は、川口先生の選挙区ですから、秘書として、細かい記事も当たっておかなくてはなりません。運転士の名前は、載っていませんでしたが、年齢は二十五歳とありました。そういえば、思い当たることがあったのです。私が先生を乗せて、ベンツを走らせている時、グリーンムーバーが急にスピードを上げて、追いかけてきた。変に思ったので、脇道《わきみち》に入ったのです。あの運転士が、渋温泉にいた高橋雄介だとしたら、まずいことになります。当時十八歳、年齢がちょうど合いますから」

「助手席に乗っていた、小野寺功の顔を見られた恐れがある。そうだね？」

十津川の問いに、ゆみは小さくうなずいた。

「伝手《つて》を辿って調べてみたら、やはり、記事になった運転士の名前は、高橋雄介だったのです。高橋雄介が、ベンツの助手席に乗った兄の顔を見て、渋温泉での殺人事件の夜を思い出したに違いない。そう思いました。高橋雄介が花火大会で目撃した男、奥村不二夫に話しかけていた男が、私の兄だと分かったら、七年前の事件は、私に繋がり、川口先生に繋がってしまう」

「川口大臣が、白のベンツが好きなのは、有名だからね」

「目立つから、あれだけはやめてほしいと、先生にいっていたのに。白のベンツに、兄の顔を見つけ、私の顔を見つけていたら、全てが繋がってしまう。兄への容疑は、私への容疑になり、それは川口先生への容疑になってしまうのです」

十津川は、少しためらいながら、

「これは、いっていいのかどうか、わからないのだが。高橋雄介の運転台からは、ベンツの助手席にいた人間の顔は見えなかった。彼は、君を、君の顔だけを見かけて、ベンツを追いかけたんだ。ただ、少し文句が、いいたかった。彼は、そういっていたよ」

ゆみの視線が、わずかに揺らいだように見えた。

その時、十津川の携帯が鳴った。

十津川は、すぐに応対して切った。

「彼は、死んだんですか？」

と、小野寺ゆみが聞いてくる。

「死にましたよ」

「そうですか――」

「安心しましたか？」

「私は、死刑になるでしょうね？」

と、ゆみが聞く。

「何人も殺しているからね。どうして、そこまで、川口真一郎に尽くすんだ？」

と、若月が聞いた。

「川口先生は、日本に必要な方なんです。本当です」

「それが本当だとしても、君は、川口真一郎を個人的に好きなのだろう？　結婚するつもりじゃなかったのか？」

若月が聞くと、ゆみは、それには答えず、

「死刑になるんだったら、少しでも時間をかけて、ゆっくり死刑にして下さい」

と、いう。

「死刑が、怖いのか？」

「私は、川口先生が総理になるのを見てから、死にたいんです。それだけです」

その言葉を最後に、小野寺ゆみは、また口を閉ざしてしまった。

十津川と亀井は、取り調べ室を出た。

「警部」

と、亀井が声をかけてくる。

「何だ？」

「さっきの電話ですが、高橋雄介は、本当に死んだんですか？」

「いや。重体は続いているが、危篤状態は脱した。もう少しで、意識も戻るだろう」

「やはり、そうですか」

「これ以上、死者が出るのは、ごめんだからね」

「川口真一郎は、本当に、小野寺ゆみに、何も指示していなかったのでしょうかね？」

「分からないな。指示があったとしても、小野寺ゆみは、何もしゃべらないだろう。しかし、小野寺功は、また別だ。彼の証言次第では、川口大臣も逮捕できるかもしれないぞ」

十津川は、やっと笑顔になった。

この作品は二〇一八年一月新潮社より刊行された。

西村京太郎著

寝台特急「サンライズ出雲」の殺意

寝台特急爆破事件の現場から消えた謎の男。続発する狙撃事件。その謎を追う十津川警部の前に立ちはだかる、意外な黒幕の正体は！

西村京太郎著

生死の分水嶺・陸羽東線

鳴子温泉で、なにかを訪ね歩いていた若い女の死体が、分水嶺の傍らで発見された。十津川警部が運命に挑む、トラベルミステリー。

西村京太郎著

十津川警部 時効なき殺人

会社社長の失踪、そして彼の親友の殺害。二つの事件をつなぐ鍵は三十五年前の洞爺湖に。旅情あふれるミステリー＆サスペンス！

西村京太郎著

十津川警部「吉備 古代の呪い」

アマチュアの古代史研究家が殺された！　彼の書いた小説に手掛りがあると推理した十津川警部は岡山に向かう。トラベルミステリー。

西村京太郎著

十津川警部 長良川心中

心中か、それとも殺人事件か？　岐阜長良川鵜飼いの屋形船と東京のホテルの一室で起こった二つの事件。十津川警部の捜査が始まる。

西村京太郎著

西日本鉄道殺人事件

西鉄特急で91歳の老人が殺された！　事件の鍵は「最後の旅」の目的地に。終わりなき戦後の闇に十津川警部が挑む「地方鉄道」シリーズ。

内田康夫著

黄泉から来た女

即身仏が眠る出羽三山に謎の白骨死体。妄念が繋ぐ天橋立との因縁の糸が。封印されていた秘密を解き明かす、浅見光彦の名推理とは。

内田百閒著

百鬼園随筆

昭和の随筆ブームの先駆けとなった内田百閒の代表作。軽妙洒脱な味わいを持つ古典的名著が、読やすい新字新かな遣いで登場！

赤川次郎著

ふたり

交通事故で死んだはずの姉の声が、突然、頭の中に聞こえてきた時から、千津子と実加、二人の姉妹の奇妙な共同生活が始まった……。

赤川次郎著

7番街の殺人

19歳の彩乃は、母の病と父の出奔で一家の大黒柱に。女優の付人を始めるがロケ地は祖母が殺された団地だった。傑作青春ミステリー。

赤川次郎著

子子家庭は危機一髪

両親が同じ日に家出!? 泥棒に狙われたり刑事に尾行されたりで、姉弟二人の〝子子家庭〟は今日も大忙し！ 小学生主婦律子が大活躍。

小野不由美著

残穢

山本周五郎賞受賞

何かが畳を擦る音、いるはずのない赤ん坊の泣き声……。転居先で起きる怪異に潜む因縁とは。戦慄のドキュメンタリー・ホラー長編。

浅田次郎著

薔薇盗人

父子の絆は、庭の美しい薔薇。船長の父へ息子の手紙が伝えた不思議な出来事とは……。人間の哀歓を巧みに描く、愛と涙の6短編。

浅田次郎著

憑（つきがみ）神

別所彦四郎は、文武に秀でながら、出世に縁のない貧乏侍。つい、神頼みをしてみたが、あらわれたのは、神は神でも貧乏神だった！

浅田次郎著

ブラック オア ホワイト

スイス、パラオ、ジャイプール、北京、京都。バブルの夜に、エリート商社マンが虚実の狭間で見た悪夢と美しい夢。渾身の長編小説。

北方謙三著

武王の門（上・下）

後醍醐天皇の皇子・懐良は、九州征討と統一をめざす。その悲願の先にあるものは――。男の夢と友情を描いた、著者初の歴史長編。

北方謙三著

陽炎の旗

―続・武王の門―

日本の〈帝〉たらんと野望に燃える三代将軍・義満。その野望を砕き、南北朝の統一という夢を追った男たちの戦いを描く歴史小説巨編。

北村薫著

スキップ

目覚めた時、17歳の一ノ瀬真理子は、25年を飛んで、42歳の桜木真理子になっていた。人生の時間の謎に果敢に挑む、強く輝く心を描く。

佐々木 譲著
ベルリン飛行指令

開戦前夜の一九四〇年、三国同盟を楯に取り、新戦闘機の機体移送を求めるドイツ。厳重な包囲網の下、飛べ、零戦。ベルリンを目指せ！

佐々木 譲著
エトロフ発緊急電

日米開戦前夜、日本海軍機動部隊が集結し、激烈な諜報戦を展開していた択捉島に潜入したスパイ、ケニー・サイトウが見たものは。

筒井康隆著
夢の木坂分岐点
谷崎潤一郎賞受賞

サラリーマンか作家か？　夢と虚構と現実を自在に流転し、一人の人間に与えられた、ありうべき幾つもの生を重層的に描いた話題作。

筒井康隆著
旅のラゴス

集団転移、壁抜けなど不思議な体験を繰り返し、二度も奴隷の身に落とされながら、生涯をかけて旅を続ける男・ラゴスの目的は何か？

乃南アサ著
凍える牙
女刑事音道貴子
直木賞受賞

凶悪な獣の牙——。警視庁機動捜査隊員・音道貴子が連続殺人事件に挑む。女性刑事の孤独な闘いが圧倒的共感を集めた超ベストセラー。

乃南アサ著
花散る頃の殺人
女刑事音道貴子

32歳、バツイチの独身、趣味はバイク。かっこいいけど悩みも多い女性刑事・貴子さんの短編集。滝沢刑事と著者の架空対談付き！

内田百閒著

第一阿房列車

「なんにも用事がないけれど、汽車に乗って大阪へ行って来ようと思う」。借金をして一等車に乗った百閒先生と弟子の珍道中。

内田百閒著

第二阿房列車

百閒先生の用のない旅は続く。弟子の「ヒマラヤ山系」を伴い日本全国を汽車で巡るシリーズ第二弾。付録・鉄道唱歌第一、第二集。

内田百閒著

第三阿房列車

百閒先生の旅は佳境に入った。長崎、房総、四国、松江、興津に不知火と巡り、走行距離は総計1万キロ。名作随筆「阿房列車」完結篇。

沢木耕太郎著

深夜特急（1〜6）

地球の大きさを体感したい——。26歳の〈私〉のユーラシア放浪の旅がいま始まる！「永遠の旅のバイブル」待望の増補新版。

沢木耕太郎著

旅する力
—深夜特急ノート—

バックパッカーのバイブル『深夜特急』誕生前夜、若き著者を旅へ駆り立てたのは。16年を経て語られる意外な物語、〈旅〉論の集大成。

沢木耕太郎著

246

もしかしたら、『深夜特急』はかなりいい本になるかもしれない……。あの名作を完成させた一九八六年の日々を綴った日記エッセイ。

広島《ひろしま》電鉄《でんてつ》殺人《さつじん》事件《じけん》

新潮文庫　に－5－39

令和二年二月一日発行
令和四年九月十日四刷

著者　西《にし》村《むら》京《きょう》太《た》郎《ろう》

発行者　佐藤隆信
発行所　株式会社新潮社
郵便番号　一六二―八七一一
東京都新宿区矢来町七一
電話 編集部(〇三)三二六六―五四四〇
　　 読者係(〇三)三二六六―五一一一
https://www.shinchosha.co.jp

価格はカバーに表示してあります。

乱丁・落丁本は、ご面倒ですが小社読者係宛ご送付ください。送料小社負担にてお取替えいたします。

印刷・大日本印刷株式会社　製本・加藤製本株式会社

ISBN978-4-10-128539-9 C0193